三弥井古典文庫

西鶴諸国はなし

西鶴研究会 編

目次

永遠のバロック――『西鶴諸国はなし』は終らない

「シナモンは物語の中に含まれる別の小さな物語を知りたがった。その樹木の違う枝について知りたがった。だから私は彼に訊かれるままに枝を辿り、そこにある話を物語った。そのようにして物語はどんどん膨んでいった。」（村上春樹『ねじまき鳥クロニクル』）――

その昔、「ディズニーランド」というテレビ番組があったことを覚えていますか。冒頭にウォルト・ディズニー自身が登場し、ティンカーベルの魔杖が冒険の国《アドベンチャーランド》、おとぎの国《ファンタジーランド》、開拓の国《フロンティアランド》、未来の国《トゥモローランド》と四分割された画面から当日の放送分を選び取る仕掛けの、驚きに満ちた夢の世界。そんな至福の時間の後に決まって思うのは、世の中には自分の知らない世界が無限にあり、自分などはちっぽけな存在に過ぎないということでした。外の世界を知り、自分を相対化することで、人は謙虚になり、他人に優しくなれるような気がします。

「西鶴を読んでみたいのですが、何がお薦めですか」。仕事がら、よくこんな質問をされますが、私の答えはいつも決まっています。「『西鶴諸国はなし』はどうですか」と応答し、小さな声で「きっと西鶴が好きになりますよ」と付け加えるのです。もちろん好きな作品は他にもありますし、書かれた順に読むなら『好色一代男』〔天和二年（一六八二）〕、『諸艶大鑑（好色二代男）』〔貞享元年（一六八四）〕というのが順当でしょう。それでもやはり、はじめての西鶴体験は『諸国はなし』であって欲しいのです。なぜでしょうか。それは、そこに西鶴の本質と魅力がたっぷりと凝縮されており、私たちを未知の世界に誘《いざな》う心ときめくワンダーランドだからなのです。そんな理由で、勤務先の大学では、新入生と一緒に三〇年近くも『諸国はなし』を読み続けています。

スティーヴン・キングの映画「一四〇八号室」は、六八年間に五六人もの人が死んだニューヨークのドルフィン・ホテル一四〇八号室を舞台としています。泊まった者は必ず自殺する、チェックアウト不能の部屋。閉ざされた空間でえぐり出される、人間の内奥。もちろん、そうした映画手法自体は珍しいものではありませんし〔三谷幸喜「THE有頂天ホテル」〕、西鶴も『世間胸算用』〔元禄五年（一六九二）〕でそれを先取りしていました。その原点が『諸国はなし』にあるのです。

御所方の奥局《おくつぼね》（巻一の二）、品川の浪人宅（巻一の三）、大雪で孤立した箱根（巻一の六）、高野山（巻四の三）、飛騨のかくれ里（巻二の五）、京都の牢獄（巻三の一）、気詰まりな江戸屋敷（巻四の一）、一本の傘が飛来したことでパニックと化す辺境（巻一の四）、そして、美女を嫌われものの山姥に変容させた枚岡の里（巻五の六）。まさに其処《そこ》しかないという、選りすぐられた実験室。閉ざされた空間の、歪んだプリズムが映し出す、可変的で複雑な矛盾に満ちた存在としての人間。

西鶴版の「一四〇八号室」。その閉塞感が五代将軍綱吉の治世を表象するかどうかはともかく、そこには、それを切り裂き外に出たいという衝動も併存しています。気詰まりな江戸屋敷からの脱出を企てる美女（巻四の一）、解き放たれる浪人（巻三の二）、飛ぶ傘（巻一の四）、風車（巻二の五）、美女を載せ飛行自在の駕籠《のりもの》（巻二の二）、一日に一四〇キロを疾走する幼女誘拐犯（巻二の六）。

内と外。そんな力学を増幅させる、「水」のダイナミズム。御神渡《おみわたり》の伝説。諏訪湖の湖底から蘇り、仲間を死出の旅路に誘《いざな》う馬方（巻三の五）。小浜の海に身を投げた女性の死体を奈良・秋篠の里へと運び去る地下水脈（巻二の三）。水が可動させる豊饒な物語。海上に出現した大蛇は龍と化し（巻二の二）、漁師との間に子を成す淀鯉（巻二の七）、海を超えてやってくるポニョのごとき存在の鱆鮎《まこ》（巻五の三）。そのどれもが、ユーモラスで人間臭い、ふしぎな動物園でもあるのです。

もちろん、三五話のほとんどに典拠があります（『西鶴事典』。巻末の「参考資料」参照）。西鶴はそれを巧妙に加工し、読者の意表を衝《つ》く意外な結末を準備しました。失敗で終わる仇討（巻三の七）

や駆け落ち（巻四の一）。それは、閉じられた空間から脱出する難しさの隠喩《メタファ》なのかも知れません。

　不揃いで未完成ながらも、ふしぎな魅力を持つ三五個の歪んだ真珠（バロック）。西鶴はそれを「人はばけもの」（序）という糸で貫き、『西鶴諸国はなし』という洒落たネックレスを作り上げました。本体はもちろん、それを構成する一つ一つの真珠にも、過剰、官能、逸脱というバロックの特性が潜在しています。

　短いもので四〇〇字詰め原稿用紙一枚程度。長くても三枚余。極限まで表現を削ぎ落としたがゆえに、無限に希釈することが可能な掌編。『諸国はなし』の深い闇。たとえば、「恋の出見世」（巻五の二）。これと見込んだ男に娘を押し付け、忽然と姿を消す父。謎に満ちたテキスト。不安定な状態のままに放置された読者は、貧しい浪人がなぜ五〇〇両もの大金を持っていたのか。彼はなぜ娘の婚姻を急ぎ、どこに消えたのか。娘はなぜ沈黙するのかなど、書かれた物語の背後にある無数の書かれなかった物語（違う枝）に思いを馳せ、テキストの空白を埋めることとなります。読者の想像力で増殖し、限りなく膨張する物語。

　村上春樹や作詞家の松本隆は翻訳やビートルズの訳詞で文章修業をしていますが、「西鶴は世界で一ばん偉い作家」（『新釈諸国噺』序）と断じた太宰治は「大晦日はあはぬ算用」（巻一の三）をリライトし、コロンビア大学のハルオ・シラネ教授は「傘の御託宣」(巻一の四)を英訳しています(『EARLY MODERN JAPANESE LITERATURE』)。また、有栖川有栖は地下水脈のダイナミズム(巻二の三)に触発され、『海のある奈良に死す』というミステリーを書きました。『諸国はなし』の最大の魅力は読者を衝《つ》き動かし、そうした創作に駆り立てる創造的エネルギーにあります。不完全で未完成であるがゆえに、何度でも充電可能な永久電池。あなたは、三五個の歪んだ真珠から何を選び、どんな新しい物語を紡ぎだし、それを珠玉に磨き上げるでしょうか。

本書は、『西鶴が語る　江戸のミステリー』(ぺりかん社・二〇〇四年)、『西鶴が語る　江戸のラブストーリー』(同・二〇〇六年)に続く、西鶴研究会編著の第三作にあたります。有働裕を中心に、染谷智幸、篠原の三人が編集を担当しましたが、メンバーの個性を生かすために最小限の調整にとどめました。いずれにせよ、すべての責任は最終稿に眼を通した私にあります。

表紙には、今その才能が注目されている若き日本画家・鷹田梓さんの作品をお借りしました。限りなく増殖を続ける『西鶴諸国はなし』のダイナミズムが、そこに可視化されています。(篠原　進)

凡例

一、本書は『西鶴諸国はなし』の真髄と魅力を、できるだけ多くの方々に伝えるために編まれたものである。

二、内容は、本文、頭注、鑑賞の手引きの三点で構成されているが、現代語訳はあえて付けなかった。空白の多い、平易な文章なので、読者それぞれが独自の物語を作って欲しかったからである。そのためのヒントとして、鑑賞の手引きを添えたが、もとよりそれも無数にある読み方の一つに過ぎない。

三、底本は東洋大学付属図書館本（吉田幸一旧蔵本）を基本としたが、原本に忠実なテキストは定本西鶴全集（第三巻・中央公論社）をはじめ数多く出されているので、翻刻にあたっては専ら読み易さに主眼をおき、以下のごとき方針をとった。

①適宜改行し、引用符を付した。
②底本の読点（○●）を、適宜句読点に改めた。
③漢字の異体字はできるだけ現行の字体に改め、歴史的仮名づかいに統一した。
④反復記号や重ね字などは用いず、「それ〳〵」→「それぞれ」などとした。
⑤挿絵はすべて収録した。

四、頭注は簡潔を旨とした。

五、頭注・鑑賞の手引きとも、多くの先学の学恩にあずかった。

六、西鶴の方法を理解する一助として、主な典拠を付録とした。

1 和歌山県田辺市の川湯温泉。 2 福岡県。志摩郡では大蕪が採れた。 3 大分県。大竹は日田市の名産。 4 福井県西部。 5 若狭には数百歳まで生きたという肌の白い尼僧の伝承がある。 6 滋賀県大津市。 7 京都府中部と兵庫県中東部にまたがる旧国名。 8 干した鮭を祭った神社。一丈二尺は約三・六メートル。 9 北海道松前町付近。 10 一間は約一・八メートル。 11 昆布。 12 徳島県の鳴門市。 13 竜宮城の姫。 14 筆や小物などを入れておく、掛子（かけご）のついた硯箱。 15 石川県の白山には地獄谷などの地名がある。 16 長野県の木曽川沿いにある。花崗岩が起伏する名勝地で浦島伝説が伝わる。 17 京都市右京区。 18 元来は未婚の若い女性が着る物。

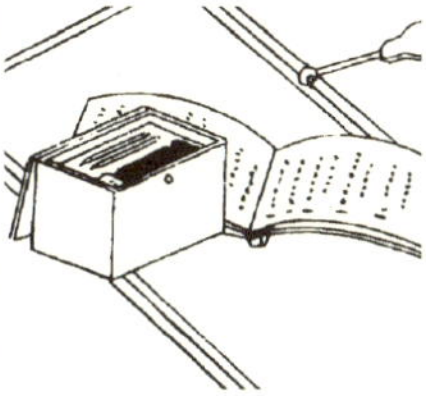
掛硯

序文

世間の広き事、国々を見めぐりて、はなしの種《たね》をもとめぬ。

熊野《くまの》の奥には、[1]湯の中にひれふる魚《うを》あり。[2]筑前《ちくぜん》の国には、ひとつをさし荷《にな》ひの大蕪《おほかぶら》あり。[3]豊後《ぶんご》の大竹は手桶《てをけ》となり、[4]若狭《わかさ》の国に二百余歳の[5]白比丘尼《しろびくに》の住めり。[6]近江《あふみ》の国堅田《かただ》に、七尺五寸の大女房《おほにようばう》もあり。[7]丹波《たんば》に一丈二尺の[8]乾鮭《からさけ》の宮あり。[9]松前《まつまへ》に[10]百間《けん》つづきの[11]荒和布《あらめ》あり。[12]阿波《あは》の鳴門《なると》に、[13]竜女《りゆうによ》の[14]掛硯《かけすずり》あり。[15]加賀の白山《しらやま》に、えんま王の巾着《きんちやく》もあり。[16]信濃《しなの》の寝覚《ねざめ》の床《とこ》に、浦島《うらしま》が火打筥《ひうちばこ》あり。鎌倉《かまくら》に頼朝《よりとも》の小遣帳《こづかひちやう》あり。都《みやこ》の[17]嵯峨《さが》に、四十一まで[18]大振袖《おほふりそで》の女《をんな》あり。

これをおもふに、人はばけもの、世にない物はなし。

西鶴の「はなし」を聞く——序文の提示するもの

「人はばけもの、世にないものはなし」。つまり、世の中でもっとも不可解なのは人間そのものなのだ。この序文の記述は、西鶴らしい認識を示した一節として大変有名である。

それにしても絶妙なのは、この結びに至るまでの言い回しだ。面白い話題はないか、という問いに対して列挙される事物。本書が刊行された十七世紀後半には、様々な旅行案内も刊行され、大量の情報が各地から発信されて上方に集積されていたはずで、巨大な蕪や温泉で泳ぐ魚のうわさも届いていたのだろう。なるほどそんなこともありそうだ、と耳を傾けていると、西鶴はたくみに話題を移行させていく。閻魔王の巾着に浦島の火打ち箱。もはや信じがたいのだが、眉唾と断言するのも気が引ける。そういえば現代でも、伝説歴史上の人物の「腰掛け石」「手植えの松」をよく見かけるが、半信半疑のうちにそれを受け入れている。ここに至って、「不思議」

寝覚床『木曽名所図会』
（『日本名所風俗図会』17）

なのは現前にあるモノではなく、こんなことを言い出し、また信じる行為そのものであることが明らかになる。頼朝の小遣帳などに思わず噴き出してしまった読者、すなわち「聞き手」は、そのとき書き手、すなわち「はなし手」「西鶴」の目に、巧みに相手の心をつかんだことへの満足の笑みを見出すことになるのではないだろうか。

そしてはなしの結びは、なんと、四十一で大振袖を着る、という人間心理そのものの奇妙さへと飛躍し、すぐさま「人はばけもの」と言い放って、読者を唖然とさせたまま話を切り上げる。このような文体に接すると、西鶴が話の名人であった（野間光辰『西鶴新新攷』昭和56）いう説が確かなものに感じられてくる。序文のこの「はなし」の雰囲気は、この作品をどのように読んでもらいたいかという、読者へのメッセージととらえてよいだろう。そして、その余韻の中で、巻一の一の世界が展開していくことになる。

（有働　裕）

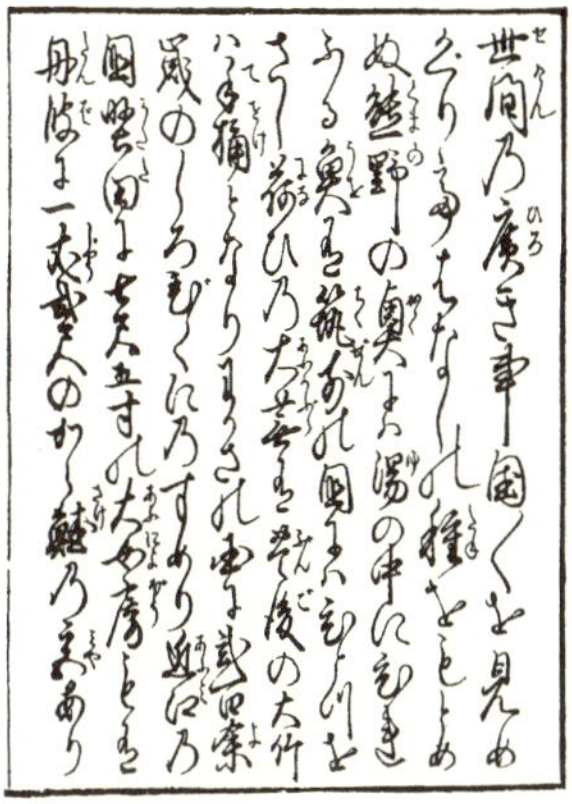
世間の広き事国々を見めぐりてはなしの種をもとめぬ熊野の奥には湯の中にひれふる魚有筑前の国にはひとつをさし荷ひの大蕪有豊後の大竹は手桶となり若狭の国に二百余歳の白びくにのすめり近江の国堅田に七尺五寸の大女房も有丹波に一丈弐尺のから鮭の宮あり

序文　冒頭

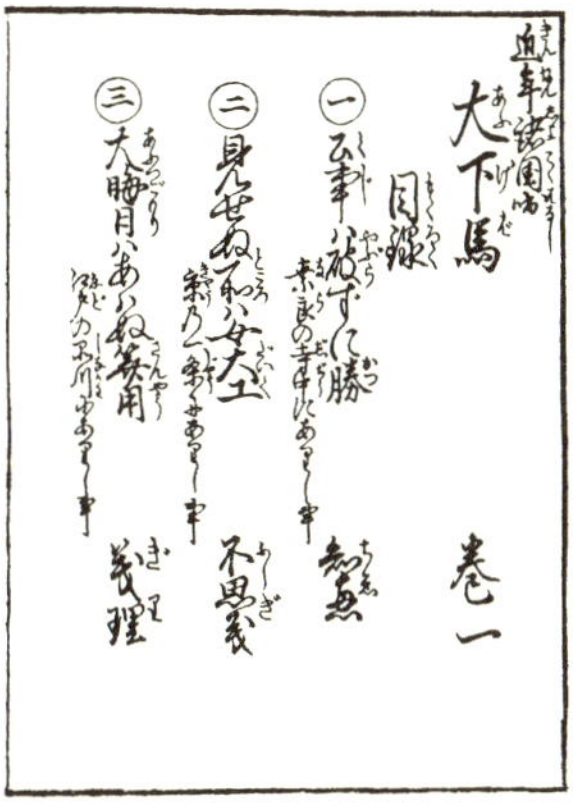
近年諸国咄　大下馬　巻一
目録
一　公事は破らずに勝　知恵　奈良の寺中にありし事
二　見せぬ所は女大工　不思議　京の一条にありし事
三　大晦日はあはぬ算用　義理　江戸の品川にありし事

巻一　目録冒頭

巻一の一　公事《くじ》[1]は破らずに勝つ　知恵《ちゑ》

奈良《なら》の寺中《じちゅう》にありし事

大織冠《たいしょくはん》[2]、さぬきの国、房崎《ふさざき》[3]の浦《うら》にて、竜宮《りゅうぐう》へ取られし、玉を取り返さんために、都の伶人《れいじん》[4]を、呼びくだし給ひて、管絃《くわんげん》ありし、唐太鼓《からたいこ》、ひとつは、南都東大寺《なんととうだいじ》[5]にをさめ、またひとつは、西大寺《さいだいじ》[6]の宝物《ほうもつ》となりぬ。

この太鼓いつの頃か、西本願寺《にしほんぐわんじ》[7]に渡りて、今に二六時中《にろくじちゅう》を、勤めける。昔日《そのかみ》に、革《かわ》張り替ゆる時、この中《うち》を見るに、西大寺の、豊心丹《ほうしんたん》[8]の方《はう》組《ぐみ》を、細字《さいじ》にて、書《かき》

1　民事裁判。
2　古代の最高冠位で、藤原鎌足を指す。幸若舞「大織冠」では、鎌足が海女を使い竜王から宝珠を取り返す。
3　香川県の志度浦の別称。
4　雅楽の奏者。
5　奈良の大仏のある大寺院。聖武天皇の勅願により創建された。
6　南都七大寺の一つで、真言律宗の総本山。
7　京都にある浄土真宗本願寺派の本山。西大寺の太鼓は堺の本願寺派の寺院が所蔵していたという。
8　西大寺で売られていた丸薬。諸病に効果があるという。方組は調合法。

付《つけ》ありけるなり。外は木《もく》をあらはし、中には諸《もろもろ》の[9]羅漢《らかん》を彩《さい》色《しき》、金銀の[10]置《おき》あげ、日本《にっぽん》たぐひなき名筒《めいどう》なり。

　毎年《まいねん》の[11]興福寺《こうぶくじ》の、法事に入る事ありて、東大寺の太鼓を借りて、勤められしに、ある年東大寺より、太鼓をかさずしてことを欠きける。[12]衆徒《しゅと》・神主《かんぬし》の言葉を、当年ばかりはと添へられ、やうやう借りて、仏事《ぶつじ》を済ましぬ。

　その後《のち》、使《つかひ》を立つれども太鼓をもどさず、寺中《じちゅう》集まつて、評判する。「数年借《すねんか》し来《きた》つて、今、この時に至り、憎きしかたなり。只《ただ》はかへさじ。打ちやぶつて」といふ者あれば、「それも手ぬるし、[13]飛火野《とぶひの》にて焼け」とあまたの若僧《じゃくそう》・[14]悪僧《あくそう》いさみて、

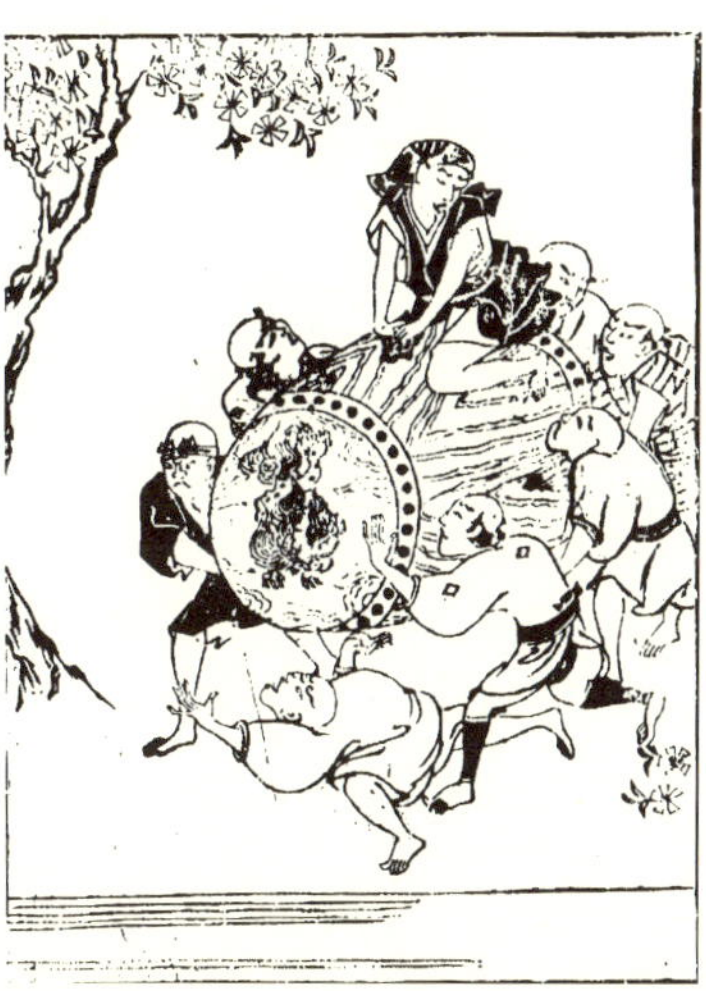

9　阿羅漢の略。仏や聖者の尊称。

狩野一信「五百羅漢図」（東京国立博物館）

10　胡粉《ごふん》などの顔料を盛り上げて絵や蒔絵の下地にすること。

11　藤原氏の氏寺。鎌足が創建し、藤原不比等が現在地（奈良市）に移した。

12　興福寺の衆徒（僧兵）二十家、興福寺が実権を持つ春日大社社家十七軒。

13　興福寺と春日神社の間にある野原。

14　この場合の「悪」は、猛々しい、気の荒い、の意。

方丈《はうぢやう》[15]に声ひびきわたりて静まらず。その中に学頭《がくとう》[16]の、老法師の進み出て、「今朝より聞くに、何《いづ》れもの申し分《ぶん》皆国土の費《つひえ》なり。某《それがし》が存ずるには、太鼓をそのまま、当寺の物になせる、分別《ふんべつ》あり」と、筒《どう》の中《うち》に、東大寺と、先年よりの、書付《かきつけ》を削り、新しき墨にて、元《もと》のごとく、東大寺と書きしるし、この事沙汰《さた》せず、東大寺に、もどせば、悦《よろこ》び宝蔵《ほうざう》[17]に入れ置き、かさねて出す事なし。

明《あけ》の年《とし》また、興福寺の法事まへに、使僧《しそう》を遣《つか》はし、「例年の通り、預け置き候、太鼓を取りにまゐつた」と申せば、腹立《ふくりふ》して、使《つかひ》の坊主を打擲《ちやうちやく》[18]して帰しける。

この事奉行所《ぶぎやうしよ》[19]へ申し上ぐれば、御僉議《せんぎ》になつて、太鼓を改めたまふに、名筒を削りて、東大寺との書付《かきつけ》、「たとへ興福寺からの、仕業《しわざ》にても、越度《をちど》[20]は古代の書付しれがたし。自今《じこん》興福寺の太鼓に極《きは》め、先例の通り、置所《おきどころ》は東大寺」にあづけ、年々《としどし》入る時を、うちけるとなん。

15 寺院の本堂。
16 興福寺の勧学院で学僧を統括する役割を勤める老僧。
17 東大寺の宝庫、正倉院。
18 殴ったり棒で打ちたたいたりすること。
19 奈良町奉行所。寺社の訴訟事も処理した。
20 貸す前に書付を確認していなかったのでは判断を下すことはできない。それをしなかったのは、東大寺の側の手落ちであったという判断。

学頭の「知恵」と伝承――序文との連続性

鎌足が海中の玉を取り戻すために管弦を用いたという伝承は、西鶴当時の読者にとっては周知のことであったはず。ただ、その時の太鼓の行方はどうなったなどということは、もはや怪しげな風聞の域のこと。西本願寺と東大寺とに現存する太鼓をそれだと断定し、しかもその一つが豊心丹ゆかりの太鼓だという。豊心丹は奈良土産として案内記にも記される名物である。あまりに強引なことがらが平然とした筆致で記されている。

この記述を大真面目に読んでしまっては、この一話は楽しめない。この作品の筆頭に据えられた一話だけに、序章での、竜女の掛硯、浦島の火打ち箱、頼朝の小遺帳といったものを羅列して読者すなわち「聞き手」を笑わせた口調の、その余韻の中で読み味わうべきであろう。

それが興福寺と東大寺という実在の大寺院の間の争いへと展開すると、さすがに緊張感は高まる。由緒ある太鼓を飛火野で焼いてしまえと騒ぐ僧たちの姿からは、平安末以来戦国時代までの勇猛な僧兵たちによる合戦のイメージも想起されよう。

ところが、そんな危機も学頭の知恵によってあっさり収まりがつく。太鼓の筒の中の「東大寺」という書付を削り、あらためて東大寺と記入するというのだ。翌年またも争いが起きるが、この書付を見た奉行の判断により、所有は興福寺、置き所は東大寺ということに落ちついた。ただ、何かすっきりとしないものが残るのは、そのやり方のためである。「東大寺」の書付を削ってそこに「興福寺」ではなくもとと同じように「東大寺」と新たに記してしまうという手法はどう考えても悪知恵であり、それに乗せられた奉行の裁きはどうみても「迷」判断であろう。

これまでの由来を物語る手がかりは後人の手であっさりと改ざんされ、新しい伝承が生まれていく。伝承と真実とのあいまいな関係を利用する者がいる一方で、それに振り回されてしまう人間の奇妙さ。滑稽さの後になにか怖さが残るのは、やはりそこに「ばけもの」じみたものが感じられるからではないだろうか。

（有働　裕）

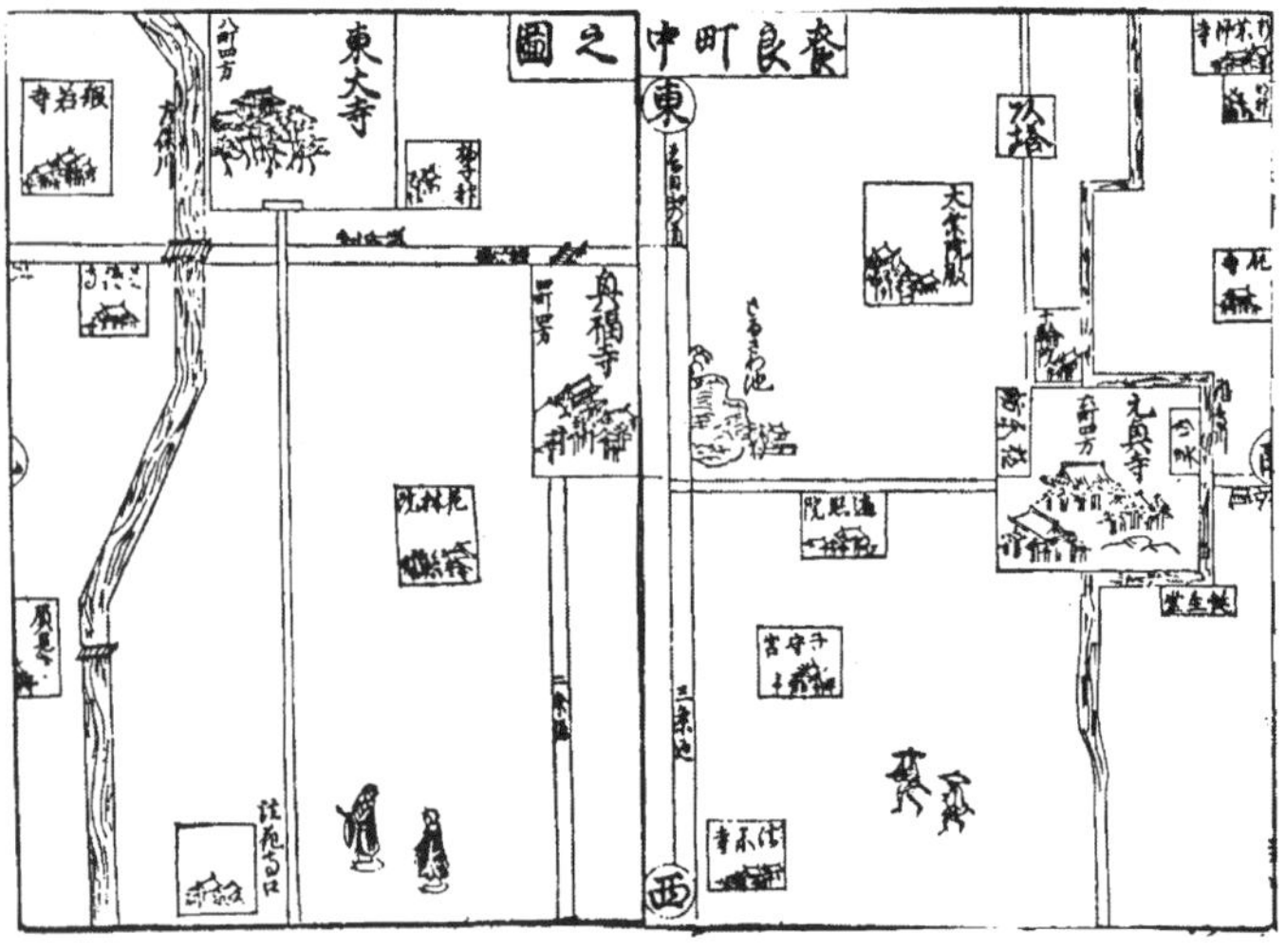

『南都名所集』（『日本名所風俗図会』 9）

巻一の二　見せぬ所は女大工《をんなだいく》　不思議《ふしぎ》

京《きやう》の[1]一条《いちでう》にありし事

道具箱には、錐《きり》・鉋《かんな》・[2]すみ壺《つぼ》・[3]さしがね。顔も三寸の[4]見直《みなほ》し、[5]中《なか》びくなる女房《にようばう》、手あしたくましき、大工の上手《じやうず》にて、世を渡り、[6]一条小反橋《こぞりばし》に住みけるとなり。

「都《みやこ》は広く、男の細工人《さいくにん》もあるに、何とて女を雇ひけるぞ」

「されば御所方《ごしよがた》の奥つぼね、[7]忍び返しのそこね、または窓の竹うちかへるなど、すこしの事に、[8]男は吟味《ぎんみ》もむつかしく、これに仰せ付けられけるとなり」。

折ふしは秋もすゑの、[9]女郎達《ぢよらうたち》案内して、かの大工を紅葉《もみぢ》の庭にめされて、「御寝間《ねま》の[10]袋棚《ふくろだな》、[11]えびす大黒殿《だいこくでん》まで、急いで打ちはなせ」と、申しわたせば、「いまだ新しき御座敷を、こぼち申す御事は」と、尋ね奉《たてまつ》れば、「不思議を立るも[12]理《ことわ》りなり。すぎにし[13]名月《めいげつ》の夜、更《ふ》け行くまで奥にも、御機嫌《ごきげん》よくおはしま

1　現在の京都市上京区。上京は二条通りより北を指す。上京には御所・公家屋敷・豪商住宅等があり、上品な土地柄である。
2　直線を引くのに用いる大工道具。
3　直角に折れ曲がった形の、大工が用いる物差し。挿絵のL字型のもの。
4　諺。詳しく見直すと、多少の誤りはあるという意。
5　鼻が低く、顎と額が出ている顔。
6　上京区一条通り堀川にかかる戻橋。橋の名の由来は、文章博士三善清行が、一条の橋で蘇生したことから一条戻橋という。渡辺綱が鬼女に出会ったという伝説や橋占いの場所。また陰陽師安倍晴明の屋敷があり、十二体の式神を橋の下に置いていたなど、橋にまつわる話は多い。図版参照。
7　盗賊などが乗り越えて侵入するのを防ぐため、塀の上にとがった竹や木、釘などをとりつけたもの。
8　男の大工は、素性の取調べが面倒で

ある。
9 秋も末頃、末の女郎たちの案内で。「すゑ」は秋と女郎にかかる。
10 袋戸棚。床の間や違い棚等に壁から張り出して設けられた棚。
11 えびす・大黒天を安置して祀った棚。
12 当然でしょう。
13 陰暦八月十五夜の月。
14 侍女の名。
15 主人のそば近く仕えて身辺の雑用をする侍女。
16 琴の連弾。
17 おたふく。鼻が低く、頬のふくれた醜女。図版参照。

18 主君のそば近く仕える女性の名。
19 背骨。
20 変わったこともなく。

し、御うたたねの枕ちかく、[14]右丸《みぎまる》・左丸《ひだりまる》といふ、二人の[15]腰本《こしもと》どもに、[16]琴のつれ引き。このおもしろさ、座中《ざちゆう》眠《ねぶ》りを覚《さ》まして、あたりを見れば、天井《てんじやう》より、四《よ》つ手《で》の女、顔は[17]乙御前《おとごぜ》の黒きがごとし。腰うすびらたく、腹這《はらば》ひにして、奥さまのあたりへ、寄ると見えしが、かなしき御声を、あげさせられ、『守刀《まもりがたな》を持ちて、まゐれ』と仰せけるに、おそばにありし、[18]蔵之助《くらのすけ》とりに立つ間に、その面影《おもかげ》消えて、御夢《ゆめ》物語《ものがたり》のおそろし。我《わ》が[19]うしろ骨《ほね》と、おもふ所に、大釘《おほくぎ》をうち込むと、おぼしめすより、魂《たましひ》きゆるがごとく、ならせられしが、されども御身には、何の[20]子細《しさい》もなく、畳《たたみ》には血を流してあ

りしを、祇園《ぎをん》[21]に安部《あべ》[22]の左近《さこん》といふ、うらなひめして、見せ給ふに、『この家内《やない》に、わざなすしるしのあるべし』と、申すによつて、残らず改むるなり。用捨《ようしや》なく、そこらもうちはづせ」と、三方《ばう》の壁ばかりになして、なほ明障子《あかりしやうじ》[23]まで、はづしても、何の事もなし。

「心に懸《か》かる物は、これならでは」と、叡山《えいざん》[24]より御祈念《きねん》の札《ふだ》板《いた》おろせば、しばしうごくを見て、いづれもおどろき、一枚づつはなして見るに、上より七枚《しちまい》下に、長《たけ》[25]九寸ばかりの屋守《やもり》[26]、胴《どう》骨《ぼね》を金釘《かなくぎ》にとぢられ、紙程薄くなりても活《い》きてはたらきしを、そのまま煙《けぶり》になして、その後《のち》は何のとがめもなし。

21　京都市東山区にある八坂神社の付近。
22　陰陽師の第一人者は、安倍晴明であるので、占い師は安倍姓を名乗った者が多い。安部左近は未詳。
23　明かりを取り入れやすいように片面だけ紙を張った障子。現在の紙障子。
24　比叡山延暦寺のご祈祷の札。
25　約二十七センチメートル。
26　家屋内に住み、夜出て昆虫を捕食。色は灰黒で、黒斑がある。動作は敏速で、時に尾を挙げ旋転して弱い声で鳴く。

屋守の怪異と女の世界

この話は、一条戻橋に住む女大工が、御所方の庭に召され、新しい御座敷を壊すよう命じられた。その理由を聞いてみると、名月の夜、「天井より四つ手の女」が奥方へ近づき、背骨と思う所を大釘で打ち込まれる思いをしたのだという。しかし、身に怪我はなく、ただ、血が流れていた。占い師安部の左近が「家の中に災いの原因がある」というので、調べるためすべてを壊せということだった。実は叡山のご祈祷の札板の上より七枚下に、九寸ばかりの屋守が金釘にとじられており、そのまま煙にしたところ、何の災いも起こらなかったという内容である。

典拠は、先学の研究によって既に明らかにされている。それによれば、『古今著聞集』の「渡辺」（巻末の参考資料参照）から、渡辺綱が鬼女に出会う伝説、さらに、占い師安部の左近から陰陽師安倍晴明の屋敷の場所へと連想が働いたものだという。

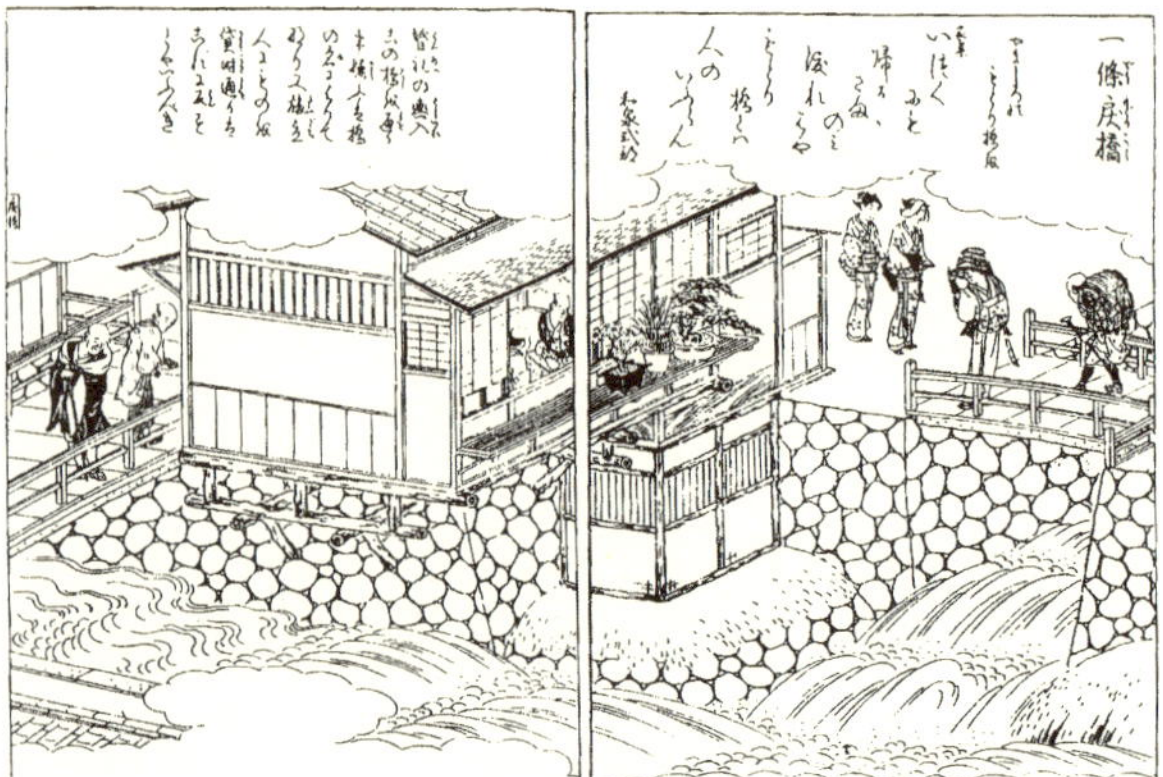

『都名所図会』

これらは一条戻橋が含意する伝説と浅からぬ因縁でつながっており、女大工の住所もそこに付け加えられる。話は、高貴な御殿での奇妙な事件とそれを引き起こす「屋守」が組み合わさって構成されており、女大工の存在や奥局という舞台、「四つ手の女」で「顔は乙御前の黒」い「屋守」など、女性に焦点を当てたとも考えられる。また、そもそもなぜ「屋守」なのかという疑問も生じるが、付合語という視点から考察されている。それは、「屋守」が、「(わざなす)しるし」や「血」と付合であり、「空閨の恨」と重ならせることで、情愛を表現しているという解釈である。(宮澤照恵『北星論集』43・平成17)

しかし、この話の特殊な点の一つとして挙げられるのは、「そのまま煙になして、その後は何のとがめもなし」という一文ではないか。この話は、「奥つぼね」という閉ざされた内と、そこへ入ることが許される女大工の住む外の世界、怪異と人間の世界、夢と現実とを交錯させながら、空想力を駆使した巧みな構造となっている。それとは対照的に、話の結末には複雑な趣向を凝らしていないように思われる。「胴骨を金釘にとぢられ、紙程薄くなりても」動いている半死半生のヤモリを、災いのもとであるために躊躇することなく殺してしまうからだ。しかしここにこそ西鶴の作意が隠されているように思える。力が弱っている怪異、醜いものに対して、いとも簡単に抹殺できる怖さを人間は持ち合わせているということが読み取れるであろう。

(岡島由佳)

巻一の三　大晦日《おほつごもり》はあはぬ算用《さんよう》　義理《ぎり》

江戸《えど》の品川《しながは》にありし事

[1]榧《かや》・かち栗《ぐり》・[2]神《かみ》の松《まつ》・[3]やま草《ぐさ》の売声《うりこゑ》もせはしく、餅突《もちつ》く宿《やど》の隣に、煤《すす》をも払はず、二十八日まで髭《ひげ》もそらず、[4]朱鞘《しゆざや》の[5]反《そり》をかへして、[6]「春まで待てといふに、是非にまたぬか」と、米屋の若い者を、にらみつけて、[7]すぐなる今の世を、横にわたる男あり。名は原田内助《はらだないすけ》と申して、かくれもなき、牢人《らうにん》。広き江戸《えど》にさへ住みかね、この四五年、[8]品川《しながは》の藤《ふぢ》茶屋《ぢやや》のあたりに棚かりて、朝《あした》の薪《たきぎ》にことをかき、夕《ゆふべ》の油火《あぶらび》を

1　榧の実と干した栗の実。正月の祝儀酒の肴。
2　正月に神棚に飾る松の小枝。
3　シダの一種、ウラジロ。正月の祝い物につけて飾る。
4　朱塗りの鞘。江戸初期の無法者の伊達風俗。
5　刀の刃を上に向けてすぐ抜けるよう構えている。
6　掛売りの代金の支払いを正月まで待つよう、米屋を追い払っている。
7　「直なる今の世」は安定した真直ぐな政治が行われている現在。「横に渡る」は無理を通して横道な生き方をしているという意味。
8　東京都品川区南品川二丁目。妙国寺の海岸寄りにあった。

も見ず。これはかな[9]しき、年の暮に、女房の兄、半井清庵《なからゐせいあん》と申して、[10]神田《かんだ》の明神《みやうじん》の横町《よこまち》に、薬師《くすし》あり。このもとへ、無心《むしん》の状《じやう》を、遣《つか》はしけるに、度々《たびたび》迷惑ながら、見捨てがたく、[11]金子《きんす》十両《りやう》包みて、上書《うはがき》に、「[12]ひんびやうの妙薬《めうやく》、金用丸《きんようぐわん》、よろづによし」としるして、内儀《ないぎ》のかたへおくられける。

内助よろこび、日頃別《べつ》して語る、浪人仲間へ、「酒ひとつもらん」と、呼びに遣《つか》はし、幸ひ雪の夜のおもしろさ、今までは、くづれ次第の、柴《しば》の戸を明けて、「さあこれへ」といふ。以上七人の客、いづれも[13]紙子《かみこ》の袖《そで》をつらね、時ならぬ[14]一重羽織《ひとへばおり》、ど

9 貧しい。

10 東京都千代田区外神田二丁目の神田明神。

11 小判十両。約六十万円に相当。

12 「○○病の妙薬、○○丸、○○によし」という薬袋の表書きをもじっている。貧乏の病には金子がよく効くの意味。仮名草子『可笑記』巻二に、医者の玄山が金子百両を包み「養命補身丸」と書いて大江文平に与え、「治療は大験あり、再発は知らず」と言ったという話がある。

13 和紙に柿の渋を塗って揉みやわらげて作った防寒用の着物。貧者が着る。

14 一重で裏の付いていない夏用の羽織。貧しいながらも礼儀を尽くす浪人たちの様子が描かれている。

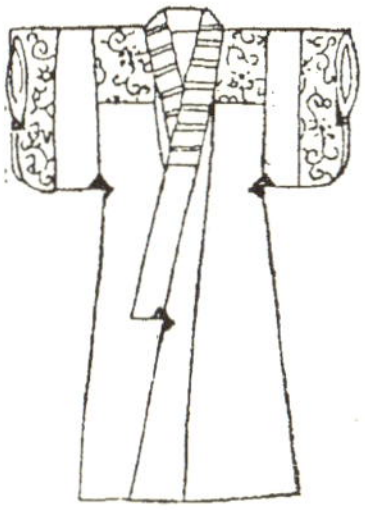

紙子（『和漢三才図会』）

こやらむかしを忘れず。常の礼儀すぎてから、亭主罷《まか》り出《いで》て、「私《わたくし》仕合せの合力《かふりよく》を請けて、おもひままの正月を仕《つかまつ》る」と申せば、おのおの、「それは、あやかり物」といふ。「就《それにつき》レ夫上書に、一作《いつさく》あり」と、くだんの小判を出《いだ》せば、「さてもかる口なる御事」と見てまはせば、盃《さかづき》の数かさなりて、「能《よ》い年忘れ、ことに長座《ちやうざ》」と、千秋楽《せんしうらく》をうたひ出し、[15]燗鍋《かんなべ》・[16]塩辛壺《しほからつぼ》を手ぐりにしてあげさせ、「小判も先《ま》づ、御仕舞《しま》ひ候へ」と集むるに、十両ありし内、一両たらず。座中《ざちゆう》居なほり、袖《そで》などふるひ、前後を見れども、いよいよないに極まりける。

あるじの申すは、「其の内一両は、さる方《かた》へ払ひしに、拙者《せつしや》の覚え違へ」といふ。「只今《ただいま》まで慥《たし》か十両見えしに、[17]めいよの事ぞかし。兎角《とかく》は銘々《めいめい》の身晴《みば》れ」と、上座《じやうざ》から帯をとけば、その次も改めける。三人目にありし男、渋面《じふめん》つくつて物をもいはざりしが、膝《ひざ》立てなほし、「浮世には、かかる難儀もあるものかな。それがしは、身ふるふまでもなし。金子一両持ち合はす

15 酒の燗をする金属製の小さな鍋。銚子を使わず燗鍋から直接酒を酌むのは卑賤な風習。

16 酒の肴の塩辛を入れた壺。客が好きなだけ取って食べるように、客前に出されている。

17不思議。面妖（めんよう）の訛った言い方。

こそ、因果なれ。思ひもよらぬ事に、一命《いちめい》を捨つる」とおもひ切つて申せば、一座口を揃《そろ》へて、「こなたにかぎらず、あさましき身なればとて、小判一両持つまじき物にもあらず」と申す。「いかにもこの金子の出所《でどころ》は、私《わたくし》持ちきたりたる、徳乗《とくじよう》[18]の小柄《こづか》、唐物屋《からものや》[19]十左衛門かたへ、[20]一両二歩《ぶ》に、昨日《さくじつ》売り候事、まぎれはなけれども、折ふしわるし。つねづね語り合はせたるよしみには、生害《しやうがい》[21]におよびし跡にて、御尋ねあそばし、かばねの恥を、せめては頼む」と申しもあへず、革柄《かはづか》に手を掛くる時、「小判はこれにあり」と、丸行灯《まるあんどん》の影より、なげ出《いだ》せば、「さては」と事を静め、「物には、念を入れたるがよい」といふ時、内証《ないしよう》[22]より、内儀《ないぎ》声を立てて、「小判はこの方《はう》へまゐつた」と、重箱《ぢゆうばこ》の蓋《ふた》につけて、座敷へ出されける。「これは宵《よひ》に、山の芋《いも》の、にしめ物を入れて出されしが、そのゆげにて、取り付きけるか。さもあるべし。これでは小判十一両になりける」。いづれも申されしは、「この金子、ひたもの数《かず》多くなる事、目出たし」と

18 彫金家、後藤徳乗（一五五〇―一六三一）が細工した小柄。「小柄」は、刀の鞘の口の部分にそえる小刀。

19 輸入品を扱う商人。工芸美術品の売買を行う。

20 約十万円。一歩《ぶ》は一両の四分の一。

21 自害、自殺。

22 主婦・家族のいる奥の部屋。

23 一番鶏の鳴く時刻。午前二時過ぎ。

24 手を洗う水を入れた鉢。

25 持ち歩くために柄のついた小さな燭台。

いふ。

亭主《ていしゆ》申すは、「九両の小判、十両の詮議《せんぎ》するに、十一両になる事、座中《ざちゆう》金子を持ちあはせられ、最前の難儀を、すくはんために、御出しありしはうたがひなし。この一両我《わ》が方《かた》に、納むべき用なし。御主《ぬし》へ返したし」と聞くに、誰《たれ》返事のしてもなく、一座いなものになりて、[23]夜更鶏《よふけどり》も、鳴く時なれども、おのおの立ちかねられしに、「このうへは亭主が、所存の通りに、あそばされて給はれ」と、願ひしに、「兎角あるじの、心まかせに」と、申されければ、かの小判を一升枡《いつしようます》に入れて、庭の[24]手水鉢《てうづばち》の上に置きて、「どなたにても、この金子の主《ぬし》、とらせられて、御帰り給はれ」と、御客独《ひと》りづつ、立たしまして、一度《いちど》一度に、戸をさし籠《こ》めて、七人を七度《しちたび》に出《いだ》して、その後内助《のちないすけ》は、[25]手燭《てそく》ともして見るに、誰ともしれず、とつてかへりぬ。

あるじ即座の分別《ふんべつ》、座なれたる客のしこなし、かれこれ武士のつきあひ、格別ぞかし。

「奇」の所在――かれこれ武士のつきあひ、格別ぞかし

品川の貧しい浪人、原田内助が女房の兄から金を借り、年の暮に友人七人を家に呼んで酒宴を開く。酒宴も終わろうとするころ、内助が披露して見せた十両がなぜか一両足りなくなっていた。身の潔白をと順に衣類を脱ぎ出したが、三番目の男は、「本日たまたま一両持ち合わせたのが不運」と言って、切腹しようとする。皆で止めていると、行燈の陰から小判を投げ出した者がいた。すると今度は、内助の女房が台所へ下げた重箱のふたにくっついていた、と小判を持ってきた。これは難儀を救おうと誰かが一両出したにちがいないのだが、誰も名のり出ない。困りはてて、庭の手水鉢に小判を置き、一人ずつ帰ってもらうことにした。すべての客が帰ってから見てみると、小判はなくなっていた。

本話は、一年の収支決算日である大晦日を過ごす、普通の人々を描いた奇談である。『諸国はなし』の他の多くの話と異なって、本話には不思議な能力を持つ者や狐狸妖怪は出てこない。一両が紛失したという勘違いから起きた浪人たちの騒動は、目録題に「義理」が標榜されているように『武家義理物語』や、大晦日の舞台設定を活かした『世間胸算用』など西鶴の他の作品集の一話であってもよかっただろう。「大晦日はあはぬ算用」は、なにが「奇」であるために『諸国はなし』中に収められたのだろうか。

本話末尾「あるじ即座の分別、座なれたる客のしこなし、かれこれ武士のつきあひ、格別ぞかし」という、

原田の機転と浪人たちの律儀な礼節に武士はさすが立派なものだと賛嘆する結語は、この「奇」の所在を考える糸口のひとつになるだろう。その解の一つに、本話を武家と町人の身分差から読む立場がある。「朱鞘の反をかへして」商人の掛取りに応じない原田が「侍同士の間ではきわめて義理がたい」（新編日本古典文学全集・頭注解説）という、矛盾したような振る舞いと浪人たちの大げさな騒ぎ方に、武家を批判する町人作家・西鶴の視点がうかがえるとして、「かれこれ武士のつきあひ、格別ぞかし」を、特別変わったこと、「珍奇な」（谷脇理史『西鶴　研究と批評』平成7）ことという意味で読み、その物珍しさから『諸国はなし』中に収められたと考えるのである。一方で本話は『諸国はなし』を代表する好編として長く愛されてきた一話でもあった。貧しさに苦しみながらも誇りを失なわない原田の態度を自然主義文学者らは高く評価し、かつ浪人たちの懸命な姿はどこかユーモラスで愛嬌のあるものととらえた。それらに共感を持ち「義理」を重んじる仲間同士の心配りに人心の機微を読みとったのである。批判か共感か、相反する鑑賞が可能なこの話を、あなたはどう読むだろうか。自由に考えてみて欲しい。

（南　陽子）

巻一の四　傘《からかさ》の御託宣《ごたくせん》[1]

紀州の掛作《かけづくり》にありし事

慈悲《じひ》

慈悲《じひ》[2]の世の中とて、諸人《しよにん》のために、よき事をして置くは、紀《き》[3]州掛作《しうかけづくり》の、観音《くわんおん》のかし傘《からかさ》、二十本なり。昔よりある人寄進《きしん》して、毎年《まいねん》張り替へて、この時まで掛け置くなり。いかなる人も、この辺《へん》にて雨雪《あめゆき》の降りかかれば、断りなしに、さして帰り、日和《ひより》の時律義にかへして、一本にても、たらぬといふ事なし。

慶安《けいあん》[4]二年の春、藤代《ふぢしろ》[5]の里人《さとびと》、この傘をかりて、和歌《わか》[6]・吹上《ふきあげ》にさし掛かりしに、玉津島《たまつしま》[7]のかたより、神風《かみかぜ》どつと、この傘とつて、行衛《ゆくへ》もしらずなるを、惜しやとおもふ甲斐《かひ》もなし。吹き行く程に、肥後《ひご》[8]の国の奥山《おくやま》、穴里《あなさと》といふ所に落ちける。

この里はむかしより、外《ほか》をしらず住みつづけて、無仏《むぶつ》[9]の世界は広し、傘といふ物を、見た事のなければ、驚き、法体《ほつたい》[10]・老人《らうじん》あつまり、「この年まで聞き伝へたる、様《ためし》もなし」と申せば、

1 神のお告げ
2 慈悲でなりたつ世の中
3 和歌山市嘉家作丁。和歌山城下への北の入り口にあたる。観音は一乗院観音寺と千手院弘誓寺がある。西隣の本町九丁目には傘師が集まり、松葉傘という傘を作っていた。
4 一六四九年。本書刊行の貞享二年からは三十六年前。
5 和歌山県海南市藤白。和歌山市内から約八キロメートル南にあたる。
6 和歌浦と吹上の浜。いずれも歌枕。
7 和歌山市和歌浦中三丁目にある玉津島神社。和歌三神の一。歌枕。
8 熊本県。穴里は不詳。「隠れ里」から発想された架空の地名であろう。
9 仏教の伝わっていない、非文化的な土地。「世界」は上下に掛かる。
10 剃髪した人。ここでは知識人をいう。

その中にこざかしき男出《いで》て、「この竹の[11]数を読むに、正《まさ》しく[12]四十本なり。紙も常のとは格別なり。かたじけなくも、これは名に聞きし、[13]日の神、内宮《ないくう》の御神体《しんたい》、ここに飛ばせ給ふぞ」と申せば、恐れをなし、俄《にはか》に塩水《しほみづ》をうち、[14]荒菰《あらこも》の上になほし、里中《さとぢゅう》山入りをして、[15]宮木《みやき》を引き、萱《かや》を苅り、ほどなう伊勢《いせ》[16]移して、あがめるにしたがひ、この傘に[17]性根《しやうね》入り、五月雨《さみだれ》の時分、社壇《しやだん》しきりに鳴出《なりいで》て、止《や》む事なし。

御託宣《ごたくせん》を聞《きく》に、「この夏中《なつぢゅう》、[18]竈《かまど》の前をじだらくにして、[19]油虫《あぶらむし》をわかし、[20]内陣《ないぢん》まで汚《けが》らはし、向後国中《きやうごこくちゅう》に、一疋《ぴき》も置くまじ。又ひとつの望みは、うつくしき娘を、[21]おくら子《ご》にそなふべし。

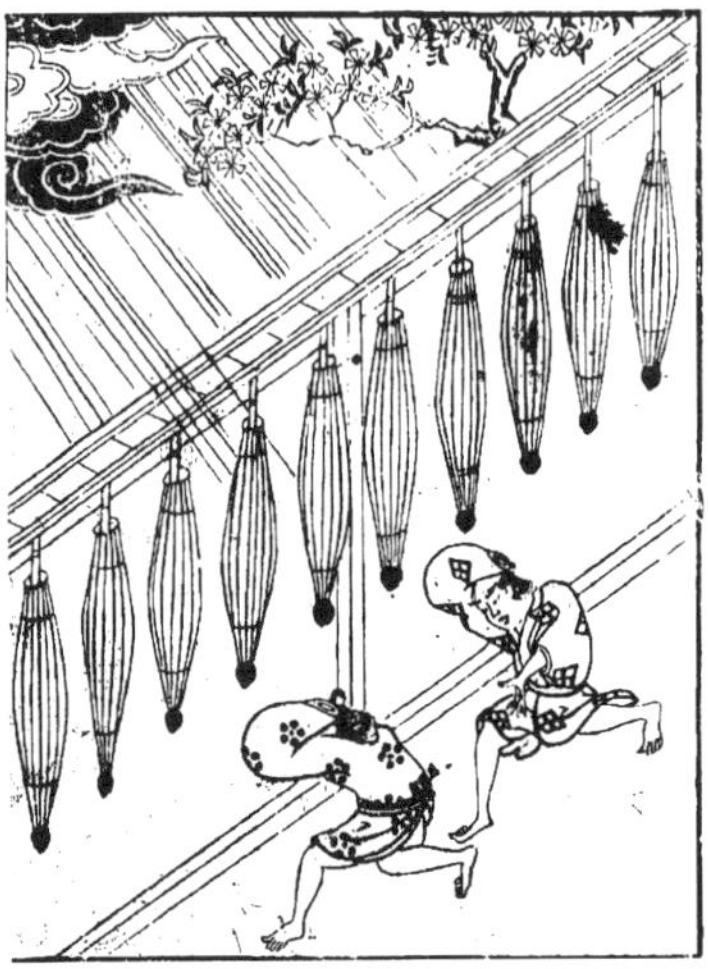

11 傘の骨の数。
12 伊勢神宮外宮（げくう）の末社の数。
13 天照大神。伊勢神宮内宮の祭神。
14 「荒」は新しく清い意。「菰」は藁（古くはマコモ）で編んだ敷物。
15 神殿や宮殿造営用の材木。
16 分霊を請じ迎えて祀ること。
17 神霊が宿ること。
18 神社に造られた竈。
19 ごきぶり。油臭を好み、傘に巣くうこともある。
20 社殿の奥、御神体を安置する所。
21 御座子。伊勢神宮に奉仕する処女の巫女（みこ）のこと。一般の神社に奉仕する巫女にもいう。

さもなくば、七日が中《うち》に[22]車軸《しやぢく》をさして、人種《ひとだね》のないやうに、降りころさん」との御事。おのおの恐《こは》やと、談合《だんかふ》して、指折《ゆびをり》の娘どもを集め、それかこれかとせんさくする。未《いま》だ[23]白歯《しらは》の女泪《なみだ》を流し、いやがるをきけば、「我々が、命とてもあるべきか」と、傘の神姿《かみすがた》の、[24]いな所に気をつけて、なげきしに、此里に色よき、[25]後家《ごけ》のありしが、「神の御事なれば、若い人達の、身替《みがは》りに立つべし」と、宮所《みやどころ》に夜《よ》もすがら待つに、何《なに》[26]の情《なさけ》もなしとて、腹立《りふ》して、御殿《ごてん》にかけ入り、かの傘をにぎり、「おもへば[27]身体倒《からだだふ》し奴《め》」と、引きやぶりて捨てつる。

22 車の軸のような雨。大雨の例え。
23 未婚の女性。既婚の女性はおはぐろで歯を黒く染めた。
24 異な所。傘の形が陽物に似ている事をいう。
25 未亡人。後家は好色という咄のパターンを踏まえる。
26 情交。
27 見かけ倒し。

西鶴の利用した話のパターンと創作の方法

紀州和歌山、掛作の観音の貸し傘が、突風（作中では神風とされ、後に出てくる伊勢神宮が下染めされている）のために直線距離にして四百キロメートル余離れた九州熊本の奥山、穴里という隠里に飛ばされ、そこで起きる珍事が語られるという、スケールの大きな諸国話である。

本話では、西鶴の話の作り方に注目したい。飛んできた傘の骨の数から伊勢内宮のご神体が飛来したと知ったかぶりをするところには、伊勢の飛神明という「飛行説話」と、無知な者を笑う「愚か村話」のパターンが使われている。神として祀られた傘にいつの間にか性根が入るというのは、物霊譚のパターンであるが、その傘がたれる託宣は神の託宣としてははなはだ奇妙にして面白い。差し出すようにと言われた娘に代わって「色よき後家」が登場するのも、後家は好色というお決まりのパターンである。

このように西鶴は本話において従来の「咄のパターン（決まり事）」を様々に駆使しながら、当代の艶笑話を作りあげているのであるが、そこには「後家」の好色でもって咄を落とすために始めから巧妙に仕組み、構成する西鶴の創作の方法が読み取れるのではなかろうか。

後家のわめき声とともに傘がさんざんに破り捨てられるという見事な落ちは、野間光辰（巻一の一「鑑賞の手引き」参照）が指摘した「西鶴五つの方法」のうちの「落とし型」である。また、この一件を慶安二年の出来事としたのは、当時の伊勢踊りと伊勢抜け参りの流行をふまえているからとする井上敏幸の指摘（「艶笑譚の背景」）や、二カ所の話の場所については、紀州雑賀庄近辺が一向宗徒の根拠地で、肥後の奥山（相良藩）は一向宗禁止地であったという宗政五十緒の指摘（『西鶴の研究』）があるのも、西鶴の話の作り方を考える際の参考になろう。

（加藤裕一）

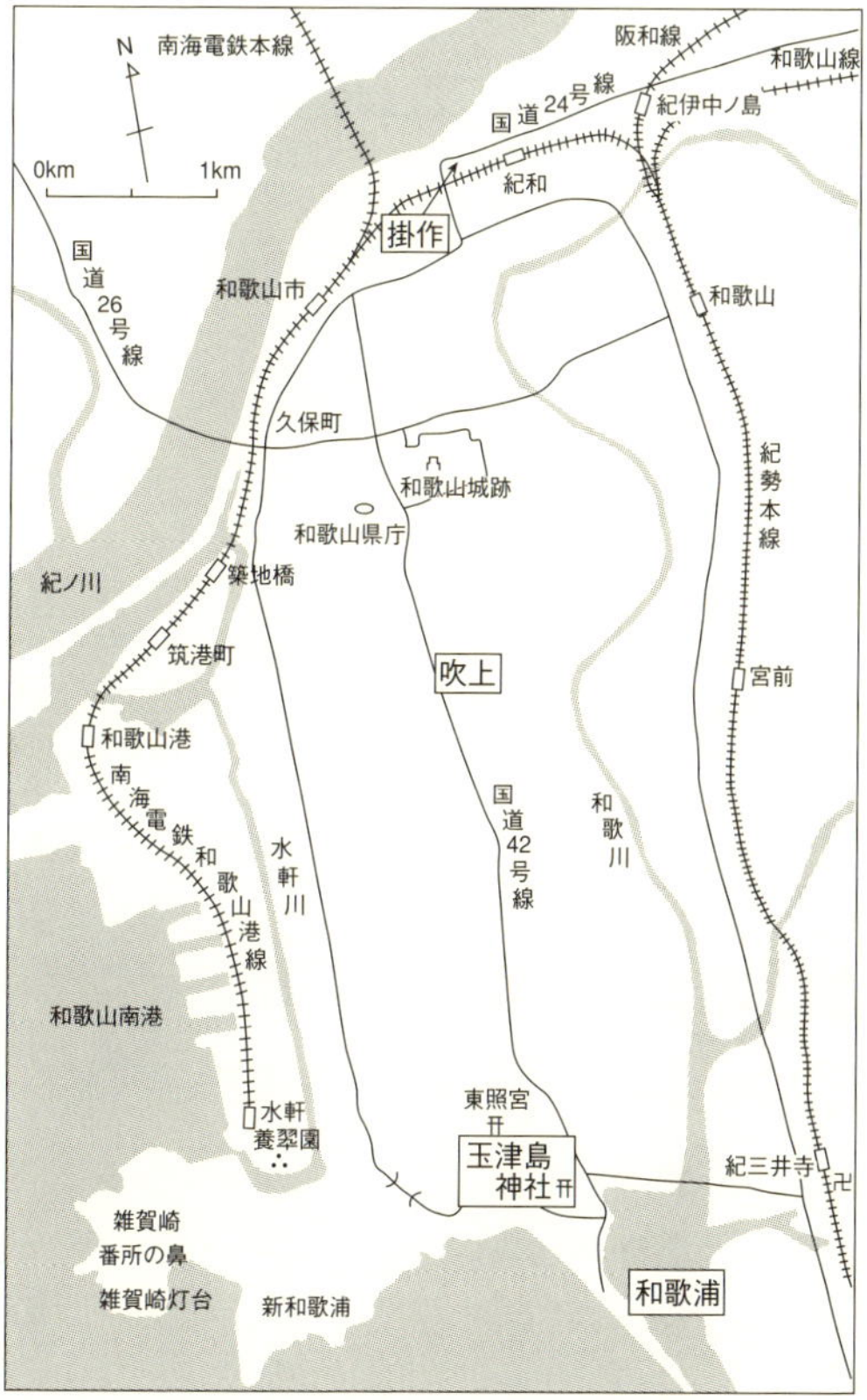

巻一の五　不思議《ふしぎ》のあし音《おと》　音曲《おんぎよく》

伏見《ふしみ》の問屋町《とひやまち》にありし事

唐土《もろこし》の[1]公冶長《こうやちやう》は、諸鳥《しよてう》の声を聞き分け、本朝《ほんてう》の[2]安部《あべ》の師泰《もろやす》は、人の[3]五音《ごいん》を、聞く事を得たまへり。

この流れとや申すべし、ここに伏見《ふしみ》の、[4]豊後橋《ぶんごばし》の片陰《かたかげ》に、笹《ささ》垣《がき》をむすび、心をゆく水のごとくにして、世を暮らしぬる盲人《まうじん》あり。捨てし身のむかし残りて、ただ人とは見えず。つねに[5]一節切《ひとへぎり》ふきて、万《よろづ》の調子を聞きたまふに、違ふ事まれなり。

ある時に、[6]問屋町の北国《ほつこく》屋の、二階ざ

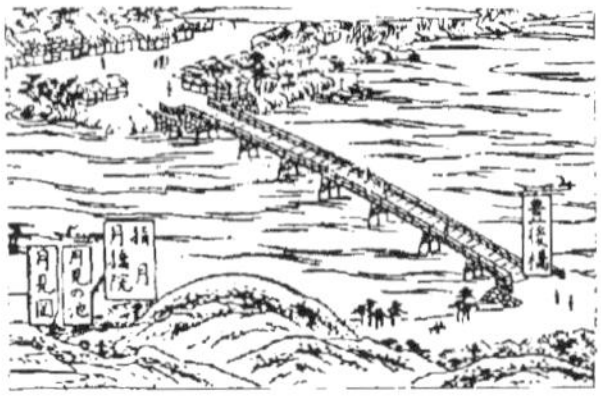

1　戦国時代の斉の人。孔子の弟子。公冶長は鳥語を解し屍体の所在を知ったことから殺人の嫌疑がかかったとも言う。（皇侃『論語義疏』）　2　未詳。平安中期の陰陽師安倍晴明にちなんだ名か。

3　音声の調子。「五」は唇、舌、歯、牙、喉を指す。

4　『都風俗図絵』（安永九年）によれば、伏見の他の橋（京橋など）に比べて風流で鄙びた様子が窺える。

5　ひとよぎり。尺八の一種。長さ約三十四センチの短い竹製の笛。

6　物品の仲介・輸送

業者。北国屋は米問屋（北国は米商の中心地）。
7　月の出を待ち念仏を唱えたり飲食などをする行事。山伏などが招かれる。後出の「日待」は日の出を待つ行事。
8　山伏の祈祷文に吉兆などが記されていたことを指す。
9　一節切の名曲。「待つ花や藤三郎が吉野山」（芭蕉）。
10　箱階子　階段の下が引き出しや戸棚になっているもの。「はしだん」「はこばし」とも。

しきにて、九月二十[7]三夜《や》の月を、待つ事ありて、宵《よひ》よりこの所の、若い者の集まりて、お三寸《みき》機嫌《きげん》の、こうた・浄瑠璃《じやうるり》、日《ひ》待《まち》・月待《つきまち》、何国《いづく》も同じさわぎぞかし。

旦那山伏《だんなやまぶし》の多門院《たもんゐん》、[8]めでたき事どもを語れば、あるじうれしさのあまりに、「何《なに》によらず、御遊興《いうきよう》を、御好み次第」。客がたより、「かの一節切を聞く事ならば」との望み、亭主ちかづきとて、頓《やが》て呼び寄せける。

先《ま》づ「吉野の山」[9]を、所望して吹く時、茶のかよひする小坊主、[10]箱階子《はこばしご》をあがる。聞きて、「油洒《こぼ》すよ」と申されける。大事にかけて、油差《あぶらさし》持ちしに、はづし置きたる杉戸《すぎど》こけ掛かり、おもはぬ怪我《けが》をいたしける。

おのおの、「これは」と、横手《よこで》をうつて、「只今大道《ただいまだいだう》を行く者は、何人《なにびと》ぞ」と申せば、足音の調子を聞き合はし、「これは老《らう》女《によ》の手を引き、男は物おもひして行く、顔つき。足取《あしどり》のせはしさ、[11]取揚《とりあ》げ婆《ばば》なるべし」。「それか」と、人をつけて聞かすに、「かの男が申すは、『[12]しきりがまゐつたら、腰は我らでも抱きますが、とてもの事に、息子を産めば、仕合せ』」と申す。大笑ひして、又その次に通る者を聞くに、「二人ぢやが、独《ひと》りのあし音」と。見せにやれば、下女小娘を負うて行く。その跡に通るものを、何《なに》と聞くに、「これは正《まさ》しく、鳥類《てうるい》なるが、おのが身を大事がる」といふ。また見に行くに、[13]行人《ぎやうにん》、鳥足《とりあし》の高足駄《たかあしだ》をはきて、道をしづかに歩み行く。「さてもさても、あらそはれぬ事どもなり。とてもなぐさみに、今一度《ど》ききたまへ」と、いづれも[14]虫籠《むしこ》をあけて、待つに、道筋《みちすぢ》も見えかね、初夜《しよや》の鐘の鳴る時、旅人《たびびと》の下《くだ》り舟に、乗りおくれじといそぐ風情《ふぜい》、二階の

11 産婆。
12 陣痛。
13 修行者。「高足駄」とも。『人倫訓蒙図彙』（左図）によれば、金を貰って薄板に戒名を書いたという。

14 虫籠窓。縦の格子が多く、虫籠のように見えるので、この名がある。

ともし火《び》に、映《うつ》りて見るに、一人は刀・脇指《わきざし》をさして、黒き羽織《はおり》に、菅笠《すげかさ》をかづき、今一人は、挟箱《はさみばこ》に酒樽《さかだる》を付けて、あとにつづきて行く。あれを問へば、「二人づれなり。一人は女、一人は男」といふ。「宵からの中《うち》に、これぱかりが違ひぬ。我々見とめて、なる程大小までさして、侍衆《さむらひしゅ》ぢや」と申す。「いな事なり。女にてあるべし。おのおの目違ひはなき」と申せば、又、人を遣はし、様子を聞かせけるに、樽持ったる下人《げにん》に少語《ささや》くは、「[15]夜舟《よぶね》にて、その樽心掛けよ。酒にはあらず皆銀《かね》なり。夜道の用心に、かく男の風俗して、大坂《おほざか》へ買物に行く」と申す。よくよく聞けば、五条《ごでう》の[16]おかた米屋とかや。

15　伏見から大阪の八軒屋までを往復する三十石船。
16　女主人の米屋。

男装の女主人は大阪で何を買うのか

本話は、伏見北国屋の二階座敷にて行われた「月待ち」行事に一節切（笛）の名人が呼ばれ、その人並み外れた聴力に人々が驚いたという話である。『諸国はなし』の序文「人は化物」を当てはめれば、この名人こそ化物となるが、西鶴の話は単純には終らない。北国屋の前を通る人物たちは皆いかにも怪しげで、特に最後の御方米屋は武士の格好をしての夜旅であった。夜道の用心とはいえ、見つかれば咎めは免れない大胆不敵な行動である。名人よりむしろこの女主人が化物である、というこの展開は、本作の「傘の御託宣」（巻一の四）「お霜月の作り髭」（巻三の三）に通じる話の落ち・逆転を利用してのものである。

それにしても、この女主人、大金を持って大阪に何を買いに行ったのか。本文や挿絵からだけでは何も分らないが、武士に扮した大胆さからすれば装飾品などではないことは容易に想像される。米の情報か、別の投資か。いずれにせよ、伏見の問屋街や北国屋という米問屋の前を素通り（無視）しているのが面白い。のんびりと月待ちなどをしている場合ではないぞ、だから伏見は落ちぶれたのだ、とでも言いたげな作者（ハナシ手）が、この女主人の点描から透けて見えてくる。

また、本話はハナシ（本文・聴覚）と挿絵（視覚）が見事にコラボレイトした例でもある。外を通る四組は次の表で示したように聴覚と視覚が響きあって当に絶妙な人生のパノラマを示している。このパノラマを味わうためには、読者は本文と挿絵を頻繁に行き来する必要がある。とすれば、本話の読者は音読ではなく、すでに高度な黙読を行っている可能性が高い（日本における黙読の成立は明治以降と言われる（前田愛『近代読者の成立』昭和48、など）。本話は日本の読書文化を考える上でも重要な問題を提起している。

（染谷智幸）

	聴覚（座敷中）		視覚（大通り）	
	進む速度	重さ（軽重）	形態	対称・色など
御方米屋	速い	重い	二人連れ	黒羽織、金銭
行人	遅い	軽い	高あしだ	釈教無常
下女・小娘	普通	やや重い	背負い姿	大人・子供、養育
男・産婆	速（男）遅（婆）	普通	二人連れ	老・若、恋

巻一の六　雲中《うんちゆう》の腕《うで》押し

箱根山熊谷《はこねやまくまだに》にありし事

長生《ちやうせい》

元和年中《げんわねんちゆう》[1]に、大雪ふつて、箱根山《はこねやま》の玉笹《たまざさ》[2]をうづみて、往来《ゆきき》の絶えて、十日ばかりも馬も通ひなし。

ここに鳥さへ通はぬ峰に、庵《いほり》をむすび、短斎坊《たんさいばう》といふ、木食《もくじき》[3]ありしが、仏棚《ほとけだな》[4]も、世を夢のごとく暮らして、百余歳になりぬ。常に十六《じふろく》[5]むさしを、慰《なぐさ》みに指《さ》されけるに、ある時奥山《おくやま》に、年かさねたる法師《ほふし》のきたつて、むさしの相手になつてあそびける。そのありさまを見るに、木《こ》[6]の葉《は》をつらぬき肩に掛け、腰には藤づるをまとひ、黒き顔より、眼《まなこ》ひかり、人間とはおもはれず。松の葉をむしり、食物《しよくもつ》として、物いふ事まれにして、これ程よき友はなし。

ある夕暮に、焼火《たきび》にことをかきしに、かの老人、こしより革《かは》[7]巾着《きんちやく》を取出し、「これは鞍馬《くらま》[8]の名石《めいせき》にて、火の出る事はやしと、

1　一六一五年―二四年。
2　笹を埋めつくして。
3　木の実や草を食べて修行をする僧。
4　仏壇。以下に「置かず」等の文章が省略されている。
5　囲碁や将棋のように盤上で行う遊戯。
6　木の葉を連ねた衣を肩に掛け。
7　小物を入れる革製の袋。

8　鞍馬山名産の火打石。

[9]判官殿《はうぐわんどの》に、もらうた」と、[10]まさまさしう語る。短斎《たんさい》おどろき、「そなたはいかなる人ぞ。その時は[11]ひさしき事」といへば、「我《われ》こそ[12]常陸坊海尊《ひたちばうかいぞん》。むかしにかはる有様」といふ。これを思ひあはすに、この人の最後のしれぬ事を申し伝へしが、さては不思議と、「[13]過ぎにし弁慶《べんけい》は、色《いろ》黒く、せいたかく、絵にさへおそろしく、見ゆる」と尋ねければ、「それは大きに違うた。またなき美僧」とかたる。「[14]義経《よしつね》こそ、丸顔にして、鼻ひくう、[15]向《むかう》歯《ば》ぬけて、やぶにらみにて、ちぢみがしらに、横ふとつて、[16]男ぶりは、ひとつもとりえなし。只志《ただこころざし》が大将《たいしやう》で、その外《ほか》は、[17]片岡《かたをか》が[18]万《よろづ》にしわい事。忠信《ただのぶ》は大酒《おほざけ》くらひ。

9　源義経の別称。
10　いかにも本当のことのように語る。
11　遠い昔の事。
12　元は園城寺の僧で、義経の家臣。衣川の合戦の直前に姿を消したという。
13　かつての弁慶は。
14　義経の容姿が醜かったことは、『源平盛衰記』等に記述がある。
15　前歯が抜けて、斜視で、縮れた髪で。
16　男としての容貌。
17　片岡以下に登場する人物名は義経の家臣。片岡常春、衣川の合戦で討死した。佐藤忠信、佐藤継信の弟。伊勢義盛、鈴鹿の関で山賊をしていたことがある。熊井忠元、壇ノ浦の合戦で活躍した。源八広綱、一ノ谷の合戦の記事に名が見える。駿河清重、元々雑色という身分の低い役職だった。
18　全てにおいてケチで。
19　買物の代金を払わない奴。
20　義経が平家追悼のために船出をした所。
21　武士の権威を振りかざして一度

も払わず。
22　比丘尼とは一般に尼のことをさすが、ここでは尼の姿をして色を売る娼婦。
23　表現をわざとぼかしたり、隠したりする俳諧の手法。　24　どうにもこうにもならない。
25　奇妙なことに、夏冬関係なく、ふんどしを嫌って締めない。
26　亀井重清、紀伊国熊野（現三重県熊野市）出身。27　小器用にはこなした。
28　鈴木重家、亀井重清の兄。29　佐藤継信、屋島の合戦で討死した。30　相棒。
31　旅回りをして色を売る少年役者。
32　増尾兼房、老齢であった。
33　来世の安楽をばかり願っていた。
34　義経の側室、静御前。
35　唐織物や鹿の子といったぜいたくな衣服を禁止する法律もなく。

伊勢の三郎は、[19]買掛《かひがか》りを済《す》まさぬやつ。[20]尼崎《あまがさき》・渡辺・福島の舟《ふな》賃《ちん》、[21]侍顔《さむらひがほ》して一度もやらず。熊井太郎《くまゐのたらう》は、一年中、[22]びくにずき。源八兵衛《げんぱちびやうゑ》は、[23]ぬけ風《ふう》の俳諧《はいかい》して、[24]埒《らち》の明かぬもの。駿河二郎《するがのじらう》は、[25]めいよな事の、夏冬《なつふゆ》なしに、ふんどし嫌ひ。[26]亀井は、何をさしても、[27]小刀細工《こがたなざいく》がきいた。[28]鈴木・[29]継信《つぎのぶ》は、[30]棒組《ぼうぐみ》にて、一生[31]飛子《とびこ》買うて暮らす。[32]兼房《かねふさ》は浄土宗《じやうどしゆう》にて、[33]後世《ごせ》願ひ。この外《ほか》ひとりも、ろくな者は、なかつた」とかたる。「さてまた、[34]静《しづか》は今に申す程の、美人か」ととへば、「いやいや、十人並《じふにんなみ》にすこしすぐれた、女房《にようばう》を、その時は、判官《はうぐわん》世盛《よざか》りにて、借銭《しやくせん》はなし、[35]唐織《からおり》・鹿《か》の子《こ》の法度《はつと》もなく、明暮《あけくれ》京の水で、みがきぬれば、うつくしい。今でも大名衆《だいみやうしゆう》の、妾《てかけもの》ども、[36]御関所《ごせきしよ》の改めに見るに、その時よりは、風俗がよい」と申して、「まだ咄《はな》したい事もあれども、[37]皆うそのやうにおもやろ。誰ぞ証拠人《しようこにん》、ほしや」といふ折節《をりふし》、[38]柴《しば》の網戸《あみど》をおとづれ、「正《まさ》しくこれに、海尊のお声がしまする。少《ち》と御目に掛かりたし」と内に入る。

「やれなつかしやなつかしや、命ながらへて、又あふ事のうれし。先《ま》づ御[39]亭坊《ていばう》へ、引きあはしましよ。これは[40]猪俣《ゐのまた》の小平六とて、むかしのよしみなるが、今は[41]備中《びっちゅう》の深山《みやま》に、すまれますが、このたびは[42]きどくの、たづねなり。自今《じこん》以後は、顔見しられて、互に」と申して、[43]夜《よ》もすがら、いにしの軍物語《いくさものがたり》、きのふけふのごとく、「今に平六、力の程は」といへば、[44]「さのみ替《か》はらじ」と、片肌《かたはだ》ぬぐ。常陸坊《ひたちばう》もうでまくりして、[45]亀割坂《かめわりざか》にて、[46]枕引《まくらび》きせし事、おもひ出して、「さらば[47]うでおし」と、両人まけず、おとらず、[48]三時《みとき》あまりも、もみあへば、短斎《たんさい》も中に立ち、両方へ力を付けて、かけ声雲中《うんちゅう》に、ひびきわたつて、三人ながら姿をうしなひて、この勝負しつた人もなし。

36 関所で女乗物の戸を開いて中を調べること。 37 思うだろ。
38 柴の網戸の外に人が訪れた気配がする。
39 亭主である坊主。ここでは短斎のこと。
40 源氏方の武士で、怪力で知られる。
41 今の岡山県西部。
42 珍しい訪問である。
43 一晩中、昔の戦の話を。
44 さほど変わるまい。
45 現在の新潟県柏崎市米山町にある、義経の妻が出産したと言われる場所。
46 木枕の両端を指先でつまんで引き合う遊び。
47 腕相撲。 48 六時間余り。

サイカク・コード

元和年間、箱根の山奥に短斎坊という木食の僧がいた。年齢は百余歳という。ある時、年老いた法師がやってきて話し相手をするようになった。聞けば、その正体は、義経の家来であった常陸坊海尊だという。短斎坊が驚いていろいろなことを尋ねているとそこへ猪俣の小平六という源氏の武者が現れる。そして、二人は腕相撲をはじめ、短斎坊が行司をしていたが、やがて二人ともに雲の中へ消えていってしまう。

本話の一番の見所は何といっても海尊が義経の家臣たちについて語る場面である。しかし、飛子が義経の時代には存在しないように、その内容は非常に当代的で、海尊が語る内容はデタラメだということがわかる。『本朝神社考』には近世初期に残夢という僧が現われ、源平時代のことを目前のように語り、海尊の再来だと騒がれたとある。実際には海尊がそこまで長生きすることは不可能で、残夢はとんだペテン師と言えるのだが、西鶴はそのような人物を間接的に揶揄し、「長生」という皮肉めいたキャプションをつけたと考えることができよう。

また、本話に登場する人物は、それなりに名が知られた人物がほとんどであるが、源八兵衛だけが、無名と言ってもよい人物である。何故そのような人物をわざわざ登場させたのか。源八兵衛の名が出るのは、義経の家臣に仮託して当代の事物を批判していると思われる箇所である。考えられるのは源八兵衛という人物そのものに意味があるのではなく、「源八兵衛」という名前に似た人物を批判しているのではないかということである。

このように本話では、西鶴が裏に何やら別の事を隠していると思われる箇所が随所に見られる。ぬけ風とは、西鶴が属した談林の俳諧の手法で表現をわざとぼかしたり、隠したりするものである。「源八兵衛は、ぬけ風の俳諧して、埒の明かぬもの」とあるので、西鶴が批判しているのは談林の誰かなのかもしれない。本話はこのぬけ風の手法が遺憾なく発揮されている、非常に西鶴らしい話であると言えよう。ただし、西鶴が隠した謎はまだほとんど解明されていない。みなさんも、これらのダヴィンチ・コードならぬサイカク・コードを読み解くのにチャレンジしてみてはいかがだろうか。

（濱口順一）

※原本の目録では「狐の四天王」となっている。

1　「ほうらく」のこと。素焼きの土鍋。主に穀物や豆などを煎るのに用いる。
2　兵庫県姫路市。霊力の強い姫路の狐といえば、言わずと知れた於佐賀部狐。長壁狐、刑部狐とも書く。
3　従者。家来。八百八は多くの意。
4　世の中の人。
5　狐に眉毛やまつげの数を数えられると化かされるという俗説がある。
6　姫路城大手門南にある筋。
7　石つぶて。石ころを投げたという意。
8　偶然。たまたま。

巻一の七　狐四天王《きつねしてんわう》　恨《うらみ》

播州姫路《ばんしうひめぢ》にありし事

諸国の女の髪を切り、家々のはうろく[1]を破《わ》らせ、万民《ばんみん》をわづらはせたる、大和《やまと》の源九郎ぎつねがためには姉なり。としひさしく、播磨《はりま》の姫路《ひめぢ》[2]にすみなれて、その身は人間のごとく、八百[3]八疋《ぴき》のけんぞくをつかひ、世間[4]の眉毛《まゆげ》[5]おもふままに読みて、人をなぶる事自由《じいう》なり。

ここに本町筋《ほんまちすぢ》[6]に、米屋して、門兵衛《もんびやうゑ》といふ人、里ばなれの、山陰《やまかげ》を通るに、しろき小狐《こぎつね》の集まりしに、何心《なにごころ》もなく、礫《つぶて》[7]うち掛けしに、自然《しぜん》[8]とあ

たり所あしく、そのままむなしくなりぬ。ふびんとばかりおもうてかへる。
その夜《よ》門兵衛が、屋敷の棟《むね》に、何百人か女の声して、「お姫さま、たまたま野

あそびましますを、命をとりし者、そのままは置かじ」と、石をうつ事雨のごとし。白壁《しらかべ》・窓蓋《まどぶた》まで、うちやぶれども、その礫ひとつもなし。[9]家内《やない》おどろく。
明《あけ》の日の昼前《ひるまへ》に、旅の出家《しゆけ》のきたつて、「お茶一ぷくたまはれ」と申されけるに、下女に申し付けて、まゐらせけるに、間もなく[10]同心《どうしん》らしき、大男二三十人乱れ入りて、「御たづねの出家を、何とてかくし置きけるぞ」と、その[11]断《ことわ》り聞き入れず、亭《てい》

9 家の者たち。
10 警察にあたる奉行所の下級の役人。
11 弁解。言い訳。

主・内儀を押へて、坊主になして後《のち》、かの出家もともに、尾のある姿をあらはして、にげかへる。是非もなき[12]仕合《しあは》せなり。

又、門兵衛《もんびやうゑ》が嫁《よめ》、むすこの門右衛門、[13]北国《ほくこく》に行きて留守のうちとて、里にかへりてありしに、かの門右衛門になりて、四五人づれにてはしり込み、女房をとらへ、「我《われ》他国の跡にて、[14]かくし男あらはれたり。命はゆるして」と申しもあへず、あたまをそられ、「身に覚えのなき事ぞ」と[15]年月《としつき》の恨みをいうてなげきぬ。「おのれ証拠を見せん」と、女を引き立て、はるかの山《やま》中《なか》に行きて、五人立ちならび、ひとりひとり名乗《なの》りける。「これは二階堂《にかいだう》の煤助《すすすけ》」「鳥居越《とりゐご》しの中三郎《ちゆうさぶらう》」「かくれ笠《がさ》の金丸《きんまる》」「にはとり食《ぐ》ひの闇太郎《やみたらう》」「野あらしの鼻長《はななが》」とて、「於佐賀部《おさかべ》殿《どの》の、[16]四天王《してんわう》、ひとり武者《むしや》これなり」と、形をかへてぞうせける。この事門兵衛に行きて、ふかくなげくに甲斐《かひ》なし。

またその次の日、午《むま》の刻《こく》に、大きなる葬礼《さうれい》をこしらへて、[17]導《みちび》きの長老《ちやうらう》、はた・てんがいをさし掛け、たまの輿《こし》ひかりをなし、

12「しあはせ」は本来は巡り合わせの意。ここではどうしようもない災難にあったの意。
13 新潟・富山・石川・福井を指す。
14 浮気相手がいたことが判明した。
15 長年夫婦でいたのに、こんな疑いをかけられる屈辱を嘆いた。
16 四人のすぐれた家来と勇猛な一人の武将。いわゆる酒呑童子退治に赴いたのが源頼光と彼に率いられた四人の武将（渡辺綱・坂田金時・碓氷定光・卜部季武）及び、一人武者（平井保昌）であったことによる。四天王に見立てる方法は、西鶴の『諸艶大鑑』巻二の一にも太鼓持ち四天王がある。いずれの狐の名前の由来も未詳であるが、俳諧の付合的命名か。「煤助」は狐が洞穴を住処（すみか）とするからか。二階堂については『対訳西鶴全集』は「二階造りの堂に住む意」とする。その場合、堂の煤に汚れている意か。「鳥居」は稲荷神社の赤鳥居からか。

孫《まご》に位牌《ゐはい》を持たせ、一門白衣《いちもんはくえ》の袖《そで》をしぼり、町衆《ちやうしゆう》は袴《はかま》・肩衣《かたぎぬ》にて、野墓《のばか》のおくるけしき、門兵衛親里《おやざと》、五六里はなれしが、けはしく人遣《つか》はし、「夜前《やぜん》[18]頓死《とんし》いたされ候、御なげきあるべしと、すこしもおそく御しらせ申すなり。すぐに墓へ御こしあれ」と、このありさま哀れに煙となし、親類ばかり跡に残り、「さてもさても夢の世や、若いを先に立てて、おもしろき事もあるまじ。これにて[19]法体《ほつたい》ましませ」と、俄坊主《にはかばうず》になし、姫路にかへれば、門兵衛・[20]内儀も姿をかへてありし。様子聞きて悔《く》やめども、髪は生《は》えずしてをかし。

「かくれ笠」は「笠森稲荷」同様、狐が瘡（かさ）好きで食べて皮膚病を治してくれるという俗言によるか。又、「かくれ」は金丸を隠すの意か。「にはとり食ひ」は、狐が夜行性で家禽を襲うことによる。狐が鶏を喰うことは『伊勢物語』第十四段にある。「野あらし」は、狐が土を掘る習性を持つことによっている。

17 死者に引導を渡す僧。挿絵の左端で葬礼の一行の先頭に立つ。以下、挿絵の狐の化けた葬送の様子と一致している。

18 急死。

19 頭を剃って僧の姿になること。

20 妻。ここでは門兵衛の妻。

狐の復讐

西鶴作品に語られる怪異は、正体を暴けば狐狸の仕業《しわざ》であったと、無理やり結論付ける話が多い。たとえば、『諸国はなし』巻二の一「姿の飛び乗物」や巻三の四「紫女」、巻四の一「形は昼のまね」などである。これは、当時の読者が無用の恐怖心をかき立てないための方便であったといえよう。なぜなら、民衆にとって怪異は非日常であるが、狐や狸にだまされることは日常であったからである。特に狐の霊力は強く、今日においても、この話にも出てくる「狐に眉毛を読まれる」という諺や、「狐につままれる」「狐憑き」などという現象が伝わっていることが、何よりもそのことを物語っている。

なかでも、於佐賀部狐は多くの眷属を従えた狐の長。霊力の強さは抜きんでている。それは『甲子夜話』三十が伝えるように姫路城天守閣に住み、人を避け年に一度城主のみに会うが、そのときは老婆の姿であるという（挿絵）伝説もあるほど、人々に知れわたった化け物であった。その娘を偶然に石つぶてがあたった

とはいえ、殺してしまったのである。

この話は於佐賀部狐の仇討ち話なのである。昔より狐が執念深いことは人口に膾炙していた。『殺生石』の玉藻の前、九尾の狐伝説、笑話本に典拠をもつ上方落語『七度狐』など枚挙にいとまがない。加えて、桁外れの妖怪である。どのような復讐をするか、当時の読者ならずとも期待の地平にワクワクする。まるで『かちかち山』である。結果は、案の定、執拗な復讐話となっている。一家揃って丸坊主という結末は、「髪そり狐」という民話の話型が存在する（武田明編著『日本化かし話百選』）ことから、狐の幻惑術の枠内での復讐ではある。しかし、狐を殺してしまったのは故意ではないことを酌量すべきで、一族連座はいかにも厳しい。

それでは、門兵衛はどうしてここまで懲らしめられたのであろうか。於佐賀部狐の復讐話は表向き。門兵衛は米屋である。門兵衛の息子門右衛門が「北国にゆきて」ということは北陸米の買い付けと考えられる。姫路の網干衆の活躍を描くのは西鶴の『日本永代蔵』巻二の五。門右衛門の造形にも網干衆としてのイメージがある。しかし、幕府は近年米を買い占め、米価をつり上げ、「諸人の困窮大方ならず」（元禄九年御触れ）と暴利をむさぼった首謀者として、網干衆を捕縛している。この話を庶民を苦しめる仇、悪徳米商人への鉄槌として、西鶴が人々の溜飲を下げていたと解釈すればいかがなものであろうか。

（森田雅也）

巻二の一　姿《すがた》の飛び乗物《のりもの》　因果《いんぐわ》

[1]津《つ》の国の池田《いけだ》にありし事

[2]寛永二年、冬の初めに、津の国池田の里の東、[3]呉服《くれは》の宮山《みややま》、衣掛松《きぬかけまつ》の下《した》に新しき[4]女乗物《をんなのりもの》、誰《たれ》かは捨て置きける。柴苅《しばか》る童子《わらんべ》の見つけて町の人に語れば、大勢集まりて戸《と》ざしを明けて見るに、都《みやこ》めきたる[5]女郎《ぢよらう》の、二十二三なるが、美人といふはこれなるべし。黒髪《くろかみ》を乱して、末を金《きん》の[6]平元結《ひらもとゆひ》を懸《か》け、肌着《はだぎ》は白く、上には、[7]菊桐《きくぎり》の[8]地無《ぢな》しの小袖《こそで》を重ね、帯は[9]小鶴《こつる》の[10]唐織《からおり》に、[11]練《ねり》の[12]薄物《うすもの》を被《かづ》き、前に[13]時代蒔絵《じだいまきゑ》の[14]硯箱《すずりばこ》の蓋《ふた》に、秋の野を写せしが、この中《うち》に[15]御所落雁《ごしよらくがん》、[16]煎榧《いりがや》、さまざまの菓子《くわし》積みて、剃刀《かみそり》[17]かたし見えける。「御方《おかた》は何国《いづく》いかなる事にてかくお独《ひと》りはましますぞ。子細《しさい》を御物語あるべし。古里《ふるさと》へおくり帰して参らすべし」と、いろいろ尋ねけれども、言葉の返しもなし。只《ただ》さしうつむきてまします。目つきもおそろしくて、我先《われさき》にと家にかへりぬ。

1 津の国は摂津。現在の大阪府池田市。南方を西国街道（山崎街道）が通る交通の要衝。2 一六二五年。本書刊行時から六〇年前。3 日本に機織・裁縫の技術を伝えた工女・呉織（くれはとり）姫を祀る呉服（くれは）神社のこと。池田市室町にある。当社近くに、呉織・穴織（あやはとり）を埋葬したと伝える梅室・姫室や絹掛松、染井殿跡がある。4 女性用の駕籠。総黒漆に金蒔絵のものが最上。5 女臈。女性。6 幅広に切った丈長紙（丈長奉書）を平たく畳んで作った元結。髪型が垂髪（すべらかし）で公家の子女風である。7 菊・桐は皇室ゆかりの高貴な文様。ともに吉祥文様である。8 地の見えないように、一面に衣服に箔を置くこと。9 金襴模様の一。蔓草模様の小さいもの。10 中国伝来の織り方による布。希少な品。11 灰汁で煮て柔らかくした絹。12 薄く網目に織った絹布。13 足利義政時代に作られた蒔絵。14 人に菓子などの物を載せて出す

「今宵《こよひ》そのまま置きなば、狼《おほかみ》が憂《う》き目《め》を見すべし。里におろして、一夜は番をして、朝《あした》は御代官《だいくわん》へ御断《ことわ》りを申すべき」と、また、山にのぼれば、かの乗物は、一里南の、18瀬川《せがは》といふ宿《しゆく》の、砂浜に行きぬ。既に日も暮れて、松の風すさまじく、往来《ゆきき》の人も絶えて、所の馬方《むまかた》四五人、この女郎《ぢよらう》を忍び行きて、19浮世《うきよ》の事どもを語り尽くして、「20情《なさけ》」といへど、取りあへずましませば、荒男《あらをとこ》の無理に、手を差してなやめる時、左右《さいう》へ蛇《へび》の頭《かしら》を出《いだ》し、男どもに食ひ付きて、身を痛める事、大方《おほかた》ならず。何《いづ》れも眼《まなこ》くらみ、気を失ひ、命を不思議にのがれ、その年中《としぢゆう》は、難病にあへり。

その後《のち》は乗物、

際に用いる。硯蓋ともいう。

15 京都の御所で用いた落雁を模した製品であると思われる。

16 榧の実を煎って渋皮をとったもの。砂糖をまぶした砂糖榧というものもある。当時、これらの菓子が実際に御所に納められていた。

『和漢三才図会』八十八

17 片方。上品な菓子に添えるなら杉楊枝がふさわしいところ。剃刀は不釣り合いである。

18 現在の大阪府箕面市瀬川。西国街道が箕面川に接する辺りに位置した宿駅。同街道から分岐して池田を通り、有馬に至る有馬通もあった。

19 男女の色恋の話。色話。

20 「我々と情を交わしてほしい」と迫ったが。

[21]芥川《あくたがは》にありともいへり。または[22]松《まつ》の尾《を》の神前にも見え、次の日は[23]丹波《たんば》の山近く行き、片時《かたとき》も定めがたし。後《のち》には美しき[24]禿《かぶろ》に替《か》はり、または八十余歳《さい》の翁《おきな》となり、或《あるい》は顔二つになし、目鼻のない姥《うば》ともなり、見る人毎《ごと》に同じ形にはあらず。これに恐れて、夜《よ》に入り里の通ひもなく、世のさまたげとなりぬ。

この事知らぬ旅人夜道《よみち》を行くに、思ひもよらぬ乗物の棒、肩を離れず、奇異の思ひをなしける。されども少しも重からずして、一町ばかりも過ぐると、俄《にはか》に草臥《くたぶれ》出《いで》て、たやすく足も立たず難儀にあへる。[25]陸縄手《くがなはて》の飛び乗物と申し伝へしはこれなり。[26]慶安年中《けいあんねんちゅう》まではありしが、いつとなく絶えて、「[27]橋本《はしもと》・[28]狐川《きつねがは》のわたりに、見なれぬ[29]玉火《たまび》の出《いで》し」と里人《さとびと》の語りし。

21 現在の大阪府高槻市芥川町。西国街道が芥川を渡るところに形成された宿。芥川は歌枕で、『伊勢物語』第六段の舞台とされる。
22 京都市西京区嵐山宮町の松尾大社。「松の尾の山」は山城の歌枕である。丹波への道筋にほど近い。
23 丹波の国。現在の京都府中部以北に兵庫県篠山市・丹波市を併せた地。名産としては丹波栗、丹波焼、杉丸太などがある。 24 髪の端を切りそろえて垂らした童女。遊里では、遊女の小間使いをした童女をいう。 25 京都東寺口から出て、久我（こが・現京都市伏見区）付近で桂川を渡り、山崎へと至る道。「縄手」は真っ直ぐな長い道をいう。 26 一六四八―五二年。 27 橋本渡（はしもとのわたし）。石清水八幡宮への灯油運送を主な目的として置かれたもので、灯油渡ともよばれた。 28 橋本渡よりやや上流にある渡し。桂・宇治・木津川が淀川に合流する付近。
29 火の玉。人魂。

鑑賞の手引き

「キレイなお姉さんは好きですか」

摂津池田に女乗物が捨て置かれていた。中には公家風の上品な装いと小道具に囲まれた美女が一人いるのみ。馬方が美女を口説こうとすると、乗物の左右から蛇が出て馬方を撃退する。その後は街道筋のあらゆるところに出没して人々を悩まし続けた。これは陸縄手《くがなわて》の乗物といわれたものだが、いつとなく絶えて、今は橋本や狐川の渡しに火の玉がでるのみである。

この話は狐の怪異を語ったものだという（高田衛「姿の飛のり物」『日本文学』平成6・9）。なるほど、挿絵に描かれた二匹の蛇には、あろうことか耳が生え、鼻も（！）長めである。だが、西鶴は、この美女を単なる狐の悪ふざけとのみ、読ませるつもりはなかったようだ。

美女を乗せた不思議な乗物が最初に現れたのは、呉服神社の絹掛松の下である。呉織姫も連想され、この美女にある種の神性が付与される。山から海へと飛行する弁才天女と見る説もあるほどだ（花田富二夫「『西鶴俗つれづれ』小考」『西鶴文学の魅力』）平成6）。ただ、善龍として出現することもある弁才天が、なぜ本話で、人々に災いをもたらす（こともある）存在として描かれているのか、なお考えてみる必要はあるだろう。

この乗物の第一発見者は、純朴で好奇心旺盛な柴刈りの子どもである。この子どもが呼び集めた人々もまた、純粋で親切心に富む。女性の目つきにおそれをなし、一度はこの乗物を打ち捨てて家に逃げ帰るものの、また、思い直して山に戻り、女性を保護しようとする。こうした親切な人々に対して、美女がなんらかの危害を及ぼした形跡はない。ところが、美女と見れば色めき立つ荒くれ者の馬方らはどうなったか。まずは言葉でかきくどくところなぞ殊勝だが、結局は力ずくで迫り、たちまち蛇の毒気に当てられる。命だけは助かるものの、その年の間は苦しみ続けたというのだから、ここには、明確に「因果」が見て取れるのではないだろうか。

この乗物が出没するのは、京都から西国へ向かう街道筋、もしくは丹波への道筋である。人々の噂が街道を通じて伝播しているさまを、ここに見ることも可能だ。美しい童女から鼻のない姥まで、まさに変幻自在な妖怪だが、「見る人毎」に形が変わることもまた、見る人の「因」に応じた「果」といえないだろうか。

これだけ人々の心を捉え続けた噂話も、やがては賞味期限を迎える。もはや乗物ですらなくなって、単なる人魂の出現に過ぎなくなったとき、この話は終わるのである。

（畑中千晶）

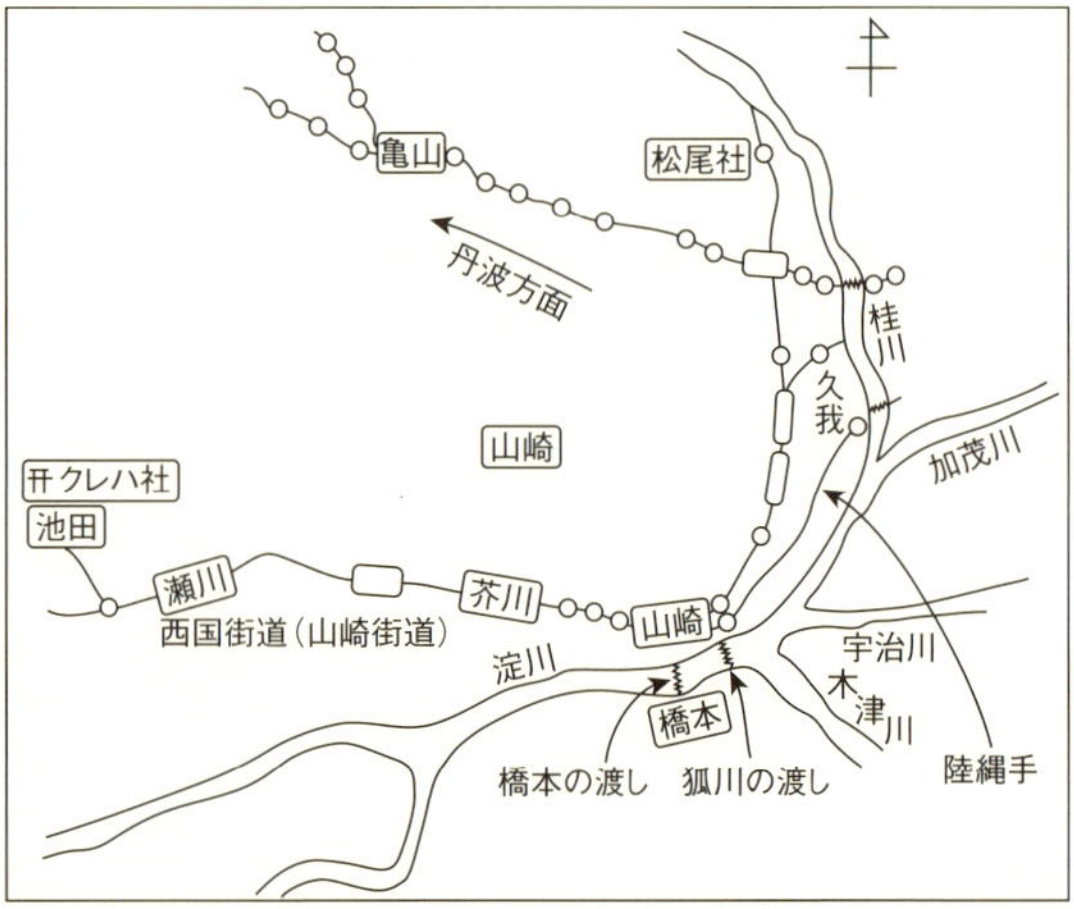

天保十二年「右角改正　五畿掌覧」より

巻二の二　十二人の俄坊主《にはかばうず》

遊興《いうきやう》

紀伊《きい》の国阿波島《あはしま》にありし事

泳ぎ習ひは瓢箪《へうたん》に身をまかせて、浮き次第に水練《すいれん》の上手《じやうず》となつて、自然の時の心掛け深し。

折ふし、夏海《なつうみ》の静かに、加太《かだ》[1]の浦《うら》あそびとて、御船《おふね》を寄せられしに、御台所船《みだいどころぶね》[2]より御膳《ごぜん》の通ひ、浪《なみ》の上を行くに、腰より下ばかりを濡らして、自由《じいう》する事、畳の上に変はらずして、月代《さかやき》[3]をする人もあれば、中将棋《ちゆうしやうぎ》[4]をさすもあり。鸚鵡《あうむ》[5]盃《さかづき》を交し、曲呑《きよくの》みするもをかし。曲舞《くせまひ》[6]にのせて小鼓《こつづみ》を打ち、または瓜《うり》の曲剥《きよくむ》き、これさへ奇妙に眺めしに、四五人して、すぐり藁《わら》[7]を何《なに》程《ほど》か手毎《てごと》に抱《かか》へて、海中に入りて、出ぬ事二時《ふたとき》に余りて、二王《にわう》の形《かた》を作りて、手足の力身《りきみ》までを細縄《ほそなは》がらみの細工、これぞ仏師《ぶつし》も及びがたし。さまざまの御遊興《いうきよう》の折から、御舟端《ふなばた》に関口《せきぐち》[8]の何某《なにがし》、豊かに遠見《ゑんけん》して居《ゐ》られしに、小姓衆《こしやうしゆう》[9]に仰せ付けられ、

1　和歌山市加太の海岸。
2　殿様の船に随行して料理を作る船。
3　男子の頭髪を額際から頭頂にかけてそり落とすこと。
4　将棋の一種。盤面の筋目は縦横十二ずつで、駒は二十一種類全九十二枚を用いる。
5　おうむ貝で作った大杯。
6　中世から行われた舞の一種。能楽に取り入れられ、謡曲の主要な謡い、舞の部分となった。
7　良質の藁を選んだもの。
8　紀州徳川頼宣に仕えた関口八郎右衛門柔心。関口流柔術・居合抜きの祖。
9　主君の近くに随従する少年。

「御意《ぎよい》」と言葉を掛けて、さざ浪の中《うち》へ突き落としけるに、遥《はる》かの舟に上がりぬ。[10]「いかなる手者《てじや》もだますには」と大笑ひすれども、すこしも驚かず。召船《めしぶね》に乗り移れば、「何とて手もなく一人は沈みけるぞ」と仰せける。[11]少人《せうじん》にあやまりもあればと存じ、左の袂《たもと》に印《しるし》を付け置くのよし、申し上ぐる。かの者めして、御覧あるに、麻袴《あさばかま》より、[12]帷子《かたびら》まで二三寸突き通し、そのかすり脇腹《わきばら》かけて、茨椮《むばらがき》のごとく、細き筋のつきしに、御前《ごぜん》始めて、おのおの横手《よこで》をうちぬ。落ちざまに[13]指添《さしぞ》へ抜きて当てしに、その人さへ覚えねば、まして外《ほか》よりは目にとまらず。はやき事、日本一《につぽんいち》の御機嫌《きげん》。御船《おふね》は浦々めぐれ

10 どんな達人でも不意打ちにはかなわないものだ。

11 少年。ここでは小姓をいう。

12 裏のない夏用の単衣（ひとえ）。

13 脇差。

14 淡島明神。紀州加太の加太神社の俗称。神功皇后が海難に遭ったときこれを応護した神として伝えられ、また女神で婦人病に霊験があるとされる。

15 約三十メートル。

16 小早船。船足の速い小船。

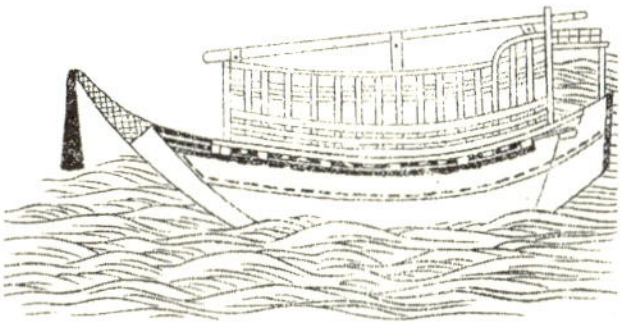

小早舟（『和漢船用集』）

17 気を失って。

ば、家中《かちゆう》の舟は、磯にさしつけ、阿波島[14]の神垣《かみがき》のあたりまでも荒らし、若き人々酒興《しゆきよう》せしに、俄《にはか》に高《たか》浪《なみ》となり、黒雲《くろくも》立ち重なり、長《たけ》十丈《ぢやう》[15]あまりの、うはばみの出《いで》、鱗《うろこ》は風車《かざぐるま》のごとし。

左右《さいう》の角《つの》枯木《こぼく》と見えて、火焔《くわえん》吹き立て、山更《さら》に動くと見て、いづれも騒ぎけるに、間近《まぢか》くきたりしに、御長刀《なぎなた》にて払ひたまへば、恐れて跡にかへる。大うねりして、小舟《こぶね》は天地かへして悩みぬ。沖より十二人乗りし小早《こばや》[16]、横切《よこぎ》れに押すと見えしが、蛇蝎一息《うはばみひといき》に呑《の》み込み、身もだえせしが、間もなく跡へ抜けて、汀《みぎは》に流れ着きしを見るに、残らず夢中[17]になつて、頭髪一筋《かしらがみひとすぢ》もなく、十二人作り坊主となれり。

淡島の女神と男たち

鑑賞の手引き

前半、紀州加太の浦の海上で徳川頼宣がさまざまな遊興を繰り広げる。このうち、見事な居合抜きを披露する関口柔心については『雪窓夜話』巻九などがこれを伝える。頼宣については、『祖公外記』には水練上達のため家臣に水中の曲芸をさせた話が、『翁草』には頼宣が水練に長じていた話や大蛇を調伏した話が記されている。本話はこれら種々の逸話を取り合わせて作られたものである（野間光辰『西鶴新新攷』昭和56）。

さて、本話後半、淡島神社の境内にまで船を寄せて遊び荒らしていると、蟒蛇《うわばみ》が現れ、小早船に乗った十二人の男たちを飲み込んでしまう。淡島沖の苫《とま》が島には昔から大蛇が住むとされているが、

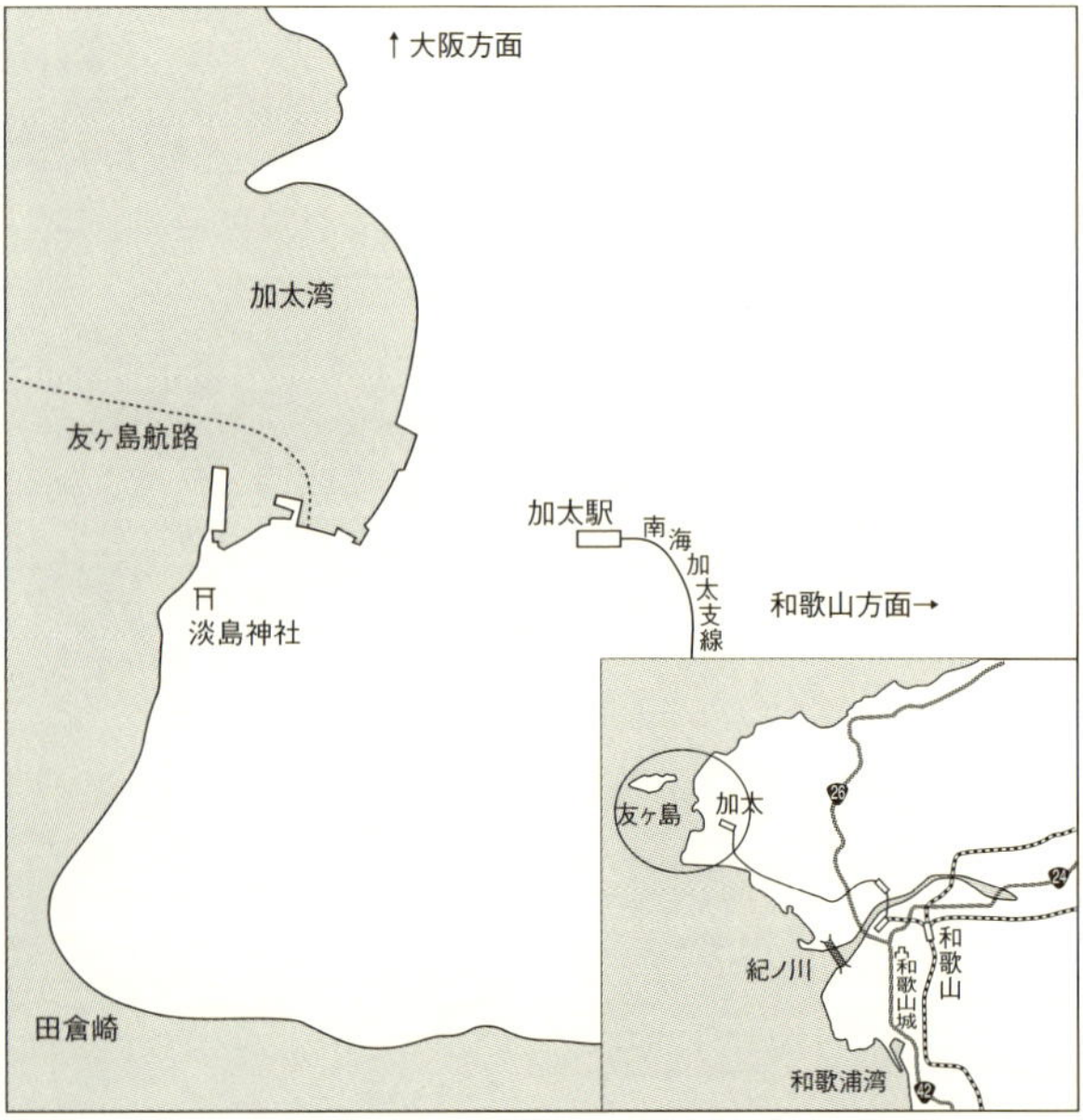

『醍醐随筆』巻上に、大蛇にのまれて助かった者の毛髪が抜けるという話があり、これが本話の一原拠であると指摘されている（宗政五十緒校注『新編日本古典文学全集』平成8）。また、淡島神社の女神は婦人擁護、あるいは航海安全の神とされるが、たとえば『好色一代男』巻四の七では、小舟を並べて海に出た世之介と女たちが遭難し、守られるはずの女は海に消え、世之介だけが助かるというように、意外な発想の転換により笑いを誘っている。本話もこれに同じく、淡島明神を男を好む好色な女神にとりなしたところに遊び心がみてとられ、さらに大蛇に呑み込まれた男たちが丸坊主となるのはこの神が「髢《かもじ》の神」であることをふまえたとの見方もある（小林幸夫「咄・遊び・挿絵」『国文学　解釈と教材の研究』平成15・11）。

数々の逸話を縦横に織り交ぜてなされる西鶴の「はなし」の巧みさ、軽快さのみならず、それらの転換の妙にも注目して味わいたい一話である。

（水谷隆之）

巻二の三　水筋《みづすぢ》の抜け道

若狭《わかさ》の小浜《をばま》[1]にありし事

報《むくい》

若狭の国小浜といふ所に、猟師《れうし》の遣《つか》ふ網の糸を商売して、有《う》徳《とく》[2]に世を渡る人あり。越後屋《ゑちごや》の伝助《でんすけ》とてこの湊《みなと》にかくれなし。年切《ねんきり》[3]の女に、名をひさと呼びて、その姿、北国者《ほくこくもの》[4]にはやさしく、心を掛けし人、あまたの中にも、京屋《きやうや》の庄吉とて、都より通ひ商ひせしが、なじめば片里《かたさと》も住家《すみか》となりて、年を重ねてありしが、いまだ定まる妻もなし。かのひさを忍び馴《な》れて、すゑずゑまでの事を申しかはせしに、親方の女房見とがめ、あらけなくせつかんして、「兎角《とかく》は形、人並《ひとなみ》なるがゆゑに、いたづら[5]をするなれば目の前に思ひしらせん」と火箸《ひばし》を赤めて、左の脇顔《わきがほ》に差し付けけるに、皮薄《かはうす》なる所焼けちぢみて、女の身にしては、このかなしさ、大方乱気《らんき》になつて、年月《としつき》手馴《てな》れし鏡台《きやうだい》に向かへば、顔《かほ》をかしくなるを、身もだえして嘆き、世にながらへても、

1 現在の福井県小浜市。
2 裕福に暮らしている。
3 一年以上の長期契約で雇った奉公人。短期契約の雇い人よりも主人のしつけがきびしい。
4 北陸道の諸国の出身者。
5 ふしだらなこと。ひそかに異性と通じること。

せんなしと思ひ極《きは》め、心にある事書置《かきお》きして、小浜の海に身を投げけるに、その夜《よ》は沖浪《おきなみ》荒く、死骸《しがい》も行方《ゆきがた》知れず。ふびんとばかり申し果てける。

その頃《ころ》は[6]正保元年《しやうほうぐわんねん》、二月九日の事なるに、大和《やまと》の国、[7]秋志《あきし》野《の》の里に、田畠《たはた》の用水のために、百姓《ひやくしやう》集まりて、古き寺地《てらち》の跡を切りならして池を掘りけるに、世間より深く土をあぐれども、水筋に当たらぬ事を悔やみ、[8]鋤鍬《すきくは》のいとまなく、[9]三日二夜《よ》掘る程に、水の蓋《ふた》と聞こえて、車何《なん》百輌《りやう》か引く音して、片隅《かたすみ》に穴明きて、それより青浪《あをなみ》立ちのぼり、[10]俄《にはか》に阿波《あは》の鳴戸《なると》のごとく渦《うづ》のまく事[11]二時《ふたとき》あまり、池より水あ

6　正保元年は一六四四年。本話は東大寺二月堂のお水取りにまつわる伝承を下敷とするため、月日の設定もお水取りの日程（陰暦二月一日から十四日まで）に沿ったものになっている。

7　奈良県奈良市にある。秋篠寺があり、寺の閼伽井に忿怒の太元帥明王があらわれたという故事が本話の原拠という解釈も示されている。（井上敏幸『新日本古典文学大系76』平成3）

8　農具の鋤と鍬。ここではそれらを用いて池を掘っている。

9　三日間掘り続けたということ。水が出たのは十一日。

10　徳島県（阿波）と兵庫県の淡路島との間の鳴門海峡。渦潮で有名。

11　約四時間。

12 東大寺二月堂で陰暦二月一日（現在は三月）から十四日の間、行われる法事。お水取りの通称で有名。修二会とも。

13 鹿の子絞りの模様で、所々を染めてあるもの。江戸初期の町家の下女では晴着。

和漢三才図会27

14 善光寺は長野市にある天台・浄土兼宗の大寺で、本尊の如来は欽明天皇十三年（五五二）に百済より渡来したもの。

15 檀特草の実で作った数珠。檀特草は、芭蕉に似た葉の草で、実は丸く黒色でき

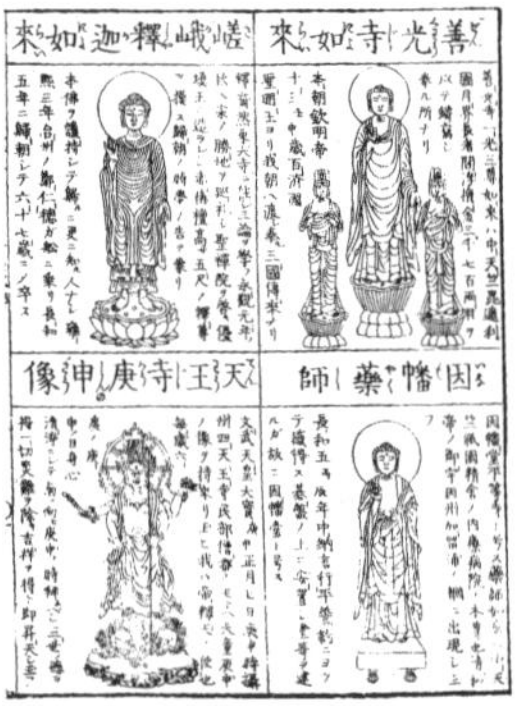

『訓蒙図彙集成14』

まりて、国中《こくちゅう》大雨の思ひをなし、驚く事かぎりなし。明けの日水静かになつて見れば、十八九なる者、身を投げしが、岸の茨《むばら》に寄り添へしを哀れと、引きあげ見るに、この里々の女とも見えず。殊更《ことさら》十日も以前に身捨てしありさま、いと不思議と申す折ふし、[12]二月堂《にぐわつだう》の行ひに参詣《まうで》せし旅人、しばし目をとめて、「世には似たる面影もあるものかな。遠き国里《くにさと》を隔てしに、越後屋《ゑちごや》の下女にそのままなるは」と前にまはりて、改めけるに、木綿着物《もめんきるもの》に、[13]鹿子《かのこ》の散らし紋、帯はつねづね見つけし、横島《よこしま》の黄色にして、胸に守袋《まもりぶくろ》、これを明けて見るに、[14]善光寺如来《ぜんくわうじにょらい》の御影《みえい》、[15]檀特《だんどく》の浄土珠数《じゃうどじゅず》、書き残せし物をあらまし読むに、疑ひなく若狭の事なり。

「これを思ふに、[16]奈良《なら》の都へ若狭より水の通ひありと伝へしが、昔《いにしへ》より今の世まで、例《ためし》もなきぞ」と身体《からだ》はその里に埋《うづ》みて、さまざま弔《とぶら》ひ、おのおの右の品々《しなじな》を持ちて、国元に帰りしに、いづれも横手《よこで》を打つて、この物語に哀れまして、庄吉

わめて硬い。浄土数珠は浄土宗で用いる数珠。

16　二月堂の前にある井戸（若狭井）は若狭の音無川（小浜市の北川支流。遠敷川《おにゅうがわ》、鵜《う》の瀬《せ》とも）の水が流れて来ているという伝説がある。若狭では「お水送り」ともいう。

17　草を枕に旅寝をした。

18　火車。罪人を乗せて地獄に運ぶ車。また、地獄で罪人を乗せて責める火の車。

万事《ばんじ》捨てて、その身を墨染《すみぞめ》になして、秋志野の里に行きて、塚《つか》のしるしの笹陰《ささかげ》に、昔の事ども申し尽くし、自《おの》づからの草枕《くさまくら》[17]、まだ夢も結ばぬうちに、火燃えし車[18]に、女二人とり乗りて飛び来るを見るに、正《まさ》しく伝助が女房なり。これを押へて焼金《やきがね》あつるは、我《わ》がなれしひさが姿の替《か》はる事なし。「今ぞ思ひを晴らしけるぞ」といふ声ばかりして消えぬ。三月十一日の事なるに、日も時も違はず、若狭にて、一声《ひとこゑ》叫びて空しくなりけるとなり。

鑑賞の手引き

ゆがむ因果

本話では、東大寺二月堂のお水取りにまつわる伝承を下敷きに、死に追い込まれた下女・ひさの霊が恨みを晴らすという因果譚が描かれている。

二月堂のお水取り、修二会《しゅにえ》は陰暦二月一日から十四日まで行なわれる法会である。その際、若狭井と呼ばれる井戸から閼伽水《あかみず》を汲んで本堂に運ぶ。伝承では、若狭国遠敷《おにゅう》大明神がこの法会に使う閼伽水を送ると約束して若狭井を作り、これと自らの神社の前を流れる音無川を通じさせたという。この若狭と二月堂の井戸が通じているという伝承は、『京童跡追』巻三、『南都名所集』巻二など、諸書に記述がある。作中でも触れられているように、当時広く知られたものであった。

人々の暮らす土の下に脈々と流れる水筋があるというのは、それだけでも興味をそそられる設定である。ましてて、そこに女の死体が流れているとなると、現代のホラーやミステリーでも通用する不気味なイメージとなる。

しかも、この話では商家の下女・ひさの因果譚が主筋となっているが、従来通りの因果譚とはなっていない。女房が下女などに嫉妬して折檻をし、その報復をうけるという因果譚のパターンでは、通常女房の夫が下女と通じている事が折檻のきっかけとなる。しかし、本話では伝助とひさの間にそうした関係があったとは記されておらず、きっかけといえば京屋の庄吉との関係くらいである。

　では、伝助女房は何故ひさを折檻したのか。それには、近世に入って新たに構築された雇い主と奉公人の関係性が絡んでくる。

　江戸期に入り、商業の発展と共に、商家も安定した経営を行うため奉公人の管理・育成に力を入れ始めた。そして、そうした奉公人たちの管理は、主に女房が行っていたため、伝助女房の折檻も表向きには雇い主として、行状のよくない奉公人・ひさを戒めるための行為だったといえる。もちろん、それだけが折檻の理由ではない。

「兎角は形、人並なるがゆゑに」

　伝助女房が発したこの言葉は、新しい関係性の中から生まれた歪んだ嫉妬―自分が管理すべき奉公人であるにも関わらず、女としては自分よりも美しいひさへの嫉妬―の表れと読むことができよう。

　二月堂と若狭を結ぶ水筋の伝承、地下水脈を流れる女の死体というグロテスクなイメージ。それらに「当時の町家に発生していた新しい人間関係の問題」（有働裕『西鶴　はなしの想像力』平成10）が当て込まれることで、西鶴はこれまでにない因果の物語を作ったと言えよう。

（神山瑞生）

巻二の四　残る物とて金の鍋《なべ》　仙人《せんにん》

大和《やまと》の国生駒《いこま》[1]にありし事

俄《にはか》に時雨《しぐれ》て、生駒《いこま》の山も見えず、日は暮《くれ》におよび、平野《ひらの》[2]の里へ帰る木綿買《もめんかひ》道を急ぎ、昔、[3]業平《なりひら》の高安《たかやす》がよひの、息継《いきつ》ぎの水といふ所まで、やうやう走りつきしに、跡より八十あまりの、老人きたつて頼むは、「[4]近頃の無心《むしん》なれども、老足《らうそく》の山道、さりとては難儀なり。しばらく負うてたまはれ」といふ。「[5]やすき事ながら、かかる重荷の折ふしなれば、叶《かな》はじ」と申す。「いたはりのこころざしあら

1 現在の奈良県生駒市。生駒山地は奈良と大阪の境にある。
2 現在の大阪市平野区。江戸時代は河内国の綿花の集積地であった。
3 『伊勢物語』二十三段に、幼なじみの井筒の女と結ばれた在原業平が、女の家が貧しくなったので河内国高安に新しい妻を設けて、通っていく話がある。木綿売は大和で布を仕入れて、河内国平野へ帰るのでちょうど同じ経路となる。
4 大層、はなはだの意。たいへんご迷惑なことだけれども。
5 たやすい事だけれど、このように仕入れた木綿が重たいところなので、できません。

ば、重くはかからじ」と、鳥のごとく飛び乗りて行くに、一里ばかりも過ぎて、松原の陰にて、日和《ひより》もあがれば、老人ひらりと下《お》りて、「草臥《くたぶれ》の程も、思ひやられたり。せめては、[6]酒ひとつ盛るべし。これへ」と見えわたりて、[7]吸筒《すひづつ》もなく、不思議ながら、近う寄れば、吹き出す息につれて、うつくしき[8]手樽《てだる》ひとつ、現はれける。「何ぞ肴《さかな》も」と、こがねの小鍋《こなべ》いくつか出しける。これさへ合点《がてん》のゆかぬに、「[9]とてもの馳走《ちそう》に、酒の相手を」と吹けば、十四五の美女、琵琶琴《びはこと》出して、これをかきならし、後《のち》には[10]付差《つけざし》さまざま、我を覚えず、酔《ゑひ》出《いで》ければ、[11]冷《ひや》し物《もの》とて、時ならぬ瓜《ふり》を出しぬ。

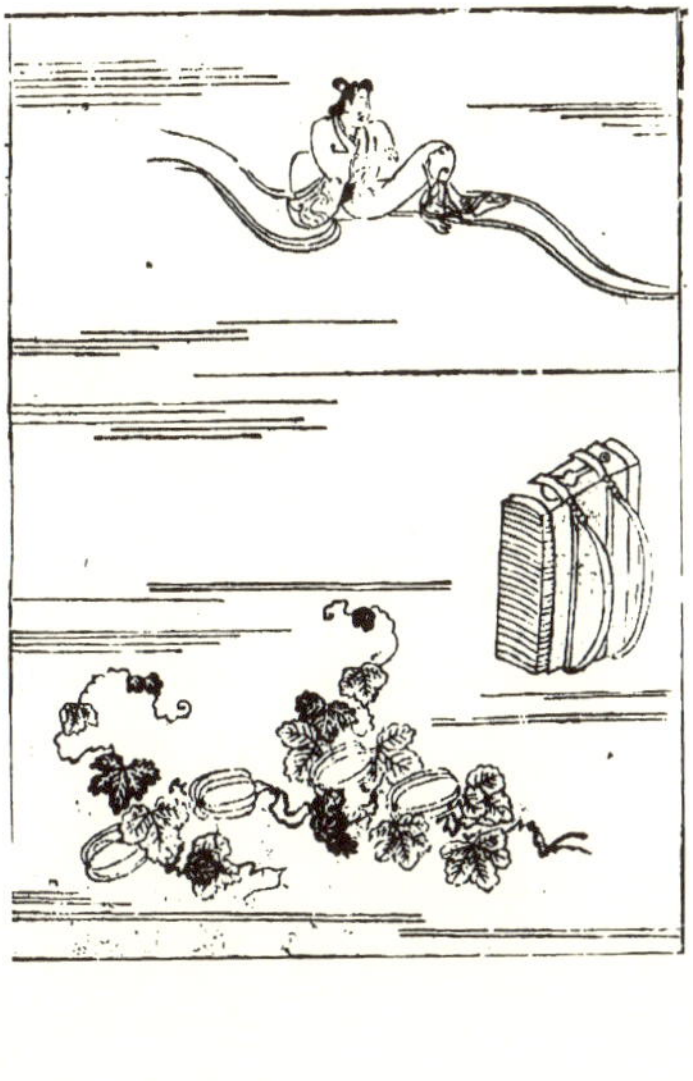

6 お酒を一杯さしあげましょう。
7 酒や水を入れて持ち歩く竹筒。
8 酒や水を運ぶための容器で左右に持ち手が突き出しているもの。

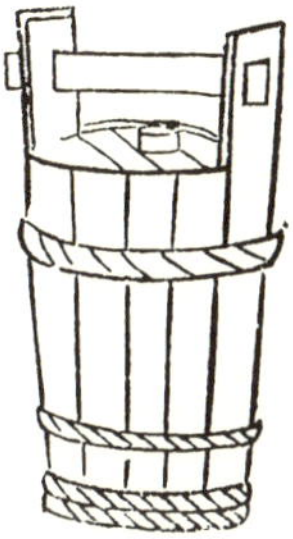

手樽（守貞漫稿）

9 どうせならばおもてなしに。
10 自分が口をつけた盃を人に差すことで親愛の情を表す。
11 酔い覚ましに、季節外れの夏の果物である瓜を出した。『本朝神社考』巻下の五に生馬仙人に出会った僧が、瓜五個をもらった話がある。

この自由、極楽《ごくらく》の心地して、たのしみけるに、かの老人、女の膝枕《ひざまくら》をして、鼾《いびき》出《いだ》せし時、女小声《こごゑ》になつて申すは、「自《みづか》らこれなる御方《かた》の[12]手掛者《てかけもの》なるが、明暮《あけくれ》つきそひて、気尽《きづく》し止《や》む事なし。御目の明かぬうちの、たのしみに、[13]かくし夫《づま》に会ふ事、見ゆるして給はれ」と申す。言葉のしたより、これも息ふけば、十五六なる若衆《わかしゆ》を出し、「最前申せしはこの方」と、手を引き合ひ、そのあたりを、[14]連れ歌うたうて歩《あり》きしが、後《のち》にはひさしく、行方《ゆきがた》のしれず。老人目覚《めざ》めたらばと、寝返りのたびたびに、かの女を待ち兼ねつるに、いつとなく立ち帰り、若衆を、女呑《の》み込みければ、老人目覚まして、この女を呑み込み、はじめ出せし道具を、かたはしから呑み仕舞《しま》ひ、金の小鍋を一つ残して、これを商人《あきびと》に取らし、両方ともに、[15]どれになつて、色々の物語尽きて、既に日も[16]那古《なご》の海に入れば、[17]相生《あひおひ》の松風うたひ立つに、老人は住吉《すみよし》のかたへ飛びさりぬ。

商人はしばし枕して、[18]夢見しに、花が散れば、餅《もち》をつき、蚊《か》

12 手をかけて愛する者、妾（めかけ）と同じ意。

13 こっそりと逢う男。

14 二人で歌を歌って。

15 泥酔して。

16 大阪市住吉区の住吉大社の西にあった海岸。歌枕。

17 謡曲『高砂』の終わり「相生の松風颯々（さつさつ）の声ぞ楽しむ」の部分を「千秋楽」といい、これを謡うことで会の終了を表す。

18 しばらく眠っているうちに、夢の中で春が終わったと思ったら餅つきの年の暮れになり、夏が終わって蚊屋をたたんだら月見の秋が来る。門松を飾る正月と盆踊りのお盆が一緒に来たようなうれしく楽しい経験をした。謡曲『邯鄲』などによる表現。

屋《や》をためば、月が出《いで》、門松《かどまつ》もあれば、大踊《おほをどり》あり。盆も正月も一度に、昼とも夜《よる》とも知れず、すこしの間に、よいなぐさみをして、残る物とて鍋ひとつ。里に帰りて、この事を語れば、「生[19]馬仙人《うばせんにん》といふ者、毎日、住吉より生駒に通ふと申し伝へし。それなるべし」。

19 摂津の国住吉の人で、河内国高安の生馬山に庵を結んでいたという。『本朝神社考』では「生馬（いくま）仙人」と読んでいる。

鑑賞の手引き

仙人ってどういう人？

大阪の木綿商人が、生駒山中で老人に頼まれて彼を背負ってやった。老人は礼として、酒や食べ物、美女などを吹き出して、商人にごちそうした。老人がうたた寝すると、美女は若衆を吹き出して短い逢瀬を楽しんだ。目を覚ました老人はすべてを飲み込んで、商人に金の鍋一つを与えて飛び去る。商人がこの不思議な体験を人に語ると、それは「生馬仙人」だろうと知らされた。

生馬仙人と中国の話をどうして結びつけようと思ったのだろうか？『酉陽雑俎』（巻末の参考資料参照）が典拠とわかったところで研究は終わりではない。どうして、それぞれの話がつながっていくのか、理由を考えてみよう。

「仙人」とは俗世界と縁を切って、不老不死などの神通力を得た人とでも定義できるだろうか。典拠の一つ『本朝神社考』には、仙人として業平や人麿といった有名歌人、小野篁など説話に登場する人物も含まれており、仙人の定義もなかなか難しい。その中で、ひたすら道を求め、山を下りたこともないという生馬仙人を住吉生駒を毎日往復するという逆設定にしている。そこには他の仙人のイメージもいくつか重ねられているようだ。典拠の中国話を知らない読者は、空中に人を吹き出す仙人に、『好色一代女』巻二の三などでも引かれる「鉄拐仙人」を思い出すこともあるだろう。

生駒山は弘法大師の修験の山とも言われ、仙人ともいえる役行者が開いた寺であり、延宝六年（一六七八年）に湛海律師が再興して歓喜天を祀り、生駒聖天として大阪商人の信仰を集めた山である。『西鶴名残の友』巻三の三「腰ぬけ仙人」で、仙人を志した徳庵が飛んでいこうとするのも生駒山であり、西鶴の頭の中に仙人と関連した地名という連想があったのかもしれない。

『本朝神社考』の生馬仙人は訪ねてきた僧侶に瓜をごちそうするから、ごちそうつながりで中国の説話につながったのだろうか？気分良く酔った木綿商人は夢を見る。人生の栄枯盛衰のはかなさをたとえる邯鄲の枕の話が、ここでは盆と正月が一緒にきたという楽しい経験となる。これも逆の設定である。

仙人と楽しいひとときを過ごすという、この話で西鶴が描きだした仙人はかなり俗っぽいようだ。伝説の久米仙人は、美女の白い生足を見て神通力を失い、一角仙人も女の色香に迷って術が破れてしまう。この話の生馬仙人は、妾と

『本朝神社考』（古典文庫）より生馬仙人の図

して若い女を携帯する術を持っているので、女の色香は仙術と無関係のようだ。西鶴の仙人像が一般的なのか、特殊なのかを知るために『列仙伝』や俳諧に詠まれた仙人について調べたりしてみてはどうだろうか。

（早川由美）

巻二の五

夢路《ゆめぢ》の風車《かざぐるま》

飛騨《ひだ》[2]の国の奥山にありし事

隠里《かくれざと》[1]

世には面妖《めいよ》[3]なる事あり。飛騨の国の奥山に、昔より隠れ里のありしを、所の人もしらず。

ある時、山人[4]の道もなき、草木をわけ入るを、奉行《ぶぎやう》[5]見付けて、跡をしたひ行くに、鳥もかよはぬ峰を越し、谷あひ三里程[6]もすぎて、おそろしき岩穴《いはあな》あり。かの山人、これに入りける。のぞけば只《ただ》くらうして、下には清水《しみづ》の流れ青し。目馴《めな》れし金魚[7]多し。我《われ》[8]これまで来て、この中《うち》見届けずにかへるも、侍《さむらひ》の道にはあらずと、おもひ定め、四五丁[9]くぐるとおもひしが、唐門《からもん》[10]・階《きざはし》、五色《ごしき》の玉をまきすて、喜見城《きけんじやう》[11]のとは、今こそ見れ、これなるべし。折ふしは冬山を分けのぼり、落葉《おちば》の霜をふみて来《きた》りしに、ここの気色《けしき》は春なれや。鶯《うぐひす》・雲雀《ひばり》の囀《さへづ》りて、生烏賊《なまいか》[12]・さはら売る声、おのづからのどやかに、しばし詠《なが》めけるうちに、眠り出《いで》

1 異界。民話などでいう。山中や地下などに存在する俗世界とは違う理想の別世界を指す。そのような伝説は日本各地にあり、不思議なことの起こる場所として認識されていた。
2 現在の岐阜県北部。
3 不思議な事。
4 樵や炭焼きなどの山で働く人。
5 山中を見回る郡奉行。
6 谷間を三里（約十二キロ）ほど過ぎていくと。
7 観賞用の高価で珍しい魚。ここから既に異界に入っていることがわかる。
8 奉行。一人称に変化している。心内語。
9 約五百メートル（一丁は一〇九メートル）。
10 中国風の門と階段があり、五色（五色は赤・青・黄・黒・白）の玉が敷き詰められ。
11 極楽にある須弥山の頂にある帝釈天の住む城。当時は美しい歓楽の場所と考

えられていた。
12（山中だというのに海で採れる）春が旬の烏賊・鰆（さわら）を売る声。
13 足元や枕元に。ここは謡曲「松風」に拠る表現。
14 奉行。地の文だが一人称になっている。
15 異国風の珍しい縞模様の絹織物。
16 生計を立てていて。
17 夫。
18 四千反。（疋は、絹や紬などの布の長さの単位で、一疋は二反。一反は、成人の着物一着分に相当し、約九メートル）
19 あちこちの市場。
20 生活の手段。
21 恋文。

て、これなる草枕《くさまくら》して、前後も知らず仮寝する。

その夢心《ゆめごころ》に、女の商人二人《あきんどふたり》来て、跡[13]や枕に立ち寄り、我[14]を頼みて申すは、「はづかしながら、かかる面影をまみえ申すなり。

自《みづか》らは、この都の傍《かたはら》に、島絹《しまぎぬ》[15]を織りて、世[16]を渡りしに、何に不足なる事もなかりしに、つれ[17]たる人、風の心地とて、かりそめのわづらひ、やむ事なく、最後の形見に、織りためし絹二千疋《びき》[18]たまはり、子もない者の事なれば、これを売りて、年月《としつき》を送りて、すゑずゑは出家《しゆけ》にもなれとの、名残《なごり》の言葉にまかせ、ここかしこの[19]市《いち》に立ちて、渡世[20]とす。いまだ一年《ひととし》も経《た》ざりしに、我に執心[21]の文《ふみ》を遣《つか》はしける。おもひ

もよらぬ事なり。その男は谷鉄《やてつ》と申して、この国に住みし大力《だいりき》なり。その後《のち》ふみのかへしを、せぬ事をうらみ、ある夜《よ》しのび入り、二人の者を切り殺し、貯《たくは》へ置きし、絹紬《きぬつむぎ》をとりてかへり、死骸は[22]野末埋みける。この事[23]せんさくあそばしけるに、知れずして、今に谷鉄《やてつ》をば浮世《うきよ》に置く事の口惜しや。ことに執心と申せしはいつはりなり。只《ただ》、絹を取るべき謀事《はかりごと》なり。[24]あはれ、国王へ申し上げられ、かたきをとつてたまはれ」と、女の首両方《りやうはう》より、袖《そで》にすがりてなげく。「それこそやすき事なれども、何をかしるべに、申し上ぐべき[25]たよりもなし」と申せば、「それにこそ、証拠あれ」と、[26]念比《ねんごろ》に語る。「これより南にあたつて、広野《ひろの》あり。つねは木も草もなき所なり。我等《われら》を掘り埋《う》めし後《のち》に、二またの[27]玉柳《たまやなぎ》のはえしなり。これしるしに、頼む」との言葉もつい絶えて、夢は覚《さ》めける。

　不思議とおもひ、かの野にゆけば、その里人《さとびと》集り、「今までは、見なれぬ柳」とおどろく。さては、この事、国王へ申し

22 野原の隅に。
23 お調べになったが、真実は分からずに。
24 「ああ」という感嘆詞。
25 証拠。
26 詳しく。
27 美しい柳。「玉」は美称。

上ぐれば、あまたの人を遣《つか》はし、かの地を掘らせ見たまふに、夢に違《たが》はず、女二人、むかし姿かはらず、首おとしてありける。[28]あらまし[29]奏聞《そうもん》仕《つかまつ》れば、谷鉄が住家《すみか》に、大勢みだれ入りて、からめ取り、「おのれが身より[30]出《いで》ぬる錆《さび》なれば」と、[31]鉄の串刺《くしざし》にして、巷《ちまた》にさらしたまへり。

その後《のち》、[32]かの侍《さむらひ》には、御褒美《ほうび》とて、目慣れぬ[33]唐織《からおり》の、島絹《しまぎぬ》、かずかずたまはりて、「汝《なんぢ》、この国にては、[34]命みじかし。いそいで古里《ふるさと》に帰れ」と、[35]紅《くれなゐ》の[36]風車《かざぐるま》に乗せられ、浮雲《うきぐも》とりまきて、[37]目《め》ふる間に、住み馴《な》れし国に帰り、ありのままに申せば、「その所をさがし出せ」と、数百人《すひやくにん》山入りして、谷峰《たにみね》たづね見れども、今に知れがたし。

28 大体のいきさつ。
29 国王に申し上げること。奏上。
30 諺「身から出た錆」から自分の不始末。
31 鉄の串刺し刑は当時行われておらず、異国の刑罰であることを示す。
32 奉行。ここで三人称に戻る。
33 中国の織物。
34 異界では時間の流れ方がこの世と違うので、この世の人間は命が短くなる。
35 有り得ないものの象徴としての色。
36 空を飛ぶ車。千里をも飛ぶという。
37 瞬きするほどの大変短い時間で。

鑑賞の手引き

異世界の記号

飛騨の奥山を歩く山人の跡を付けた奉行は、岩穴を通り隠れ里に入り込む。穏やかな異界の風景に寝入ると、夢に女二人が現れ、「自分達は夫の死後谷鉄と言う男の求愛を断ったら、殺されて埋められ財産を盗られました。どうか敵をとって下さい。この証拠には、遺骸の上に柳が生えます。」と頼む。翌朝、奉行は柳を確認した上で国王に訴えたので、谷鉄は処刑される。奉行は褒美に珍しい絹を賜って風車に乗って帰国した。その後、この出来事を話したところ、大勢の人が山に入りその隠れ里を探したが、結局見つからなかった。

本話は、異界での夢の内容の大筋を『太平広記』「蘇娥」に拠り、部分的に謡曲「松風」を利用している。「蘇娥」は、「ある役人が宿屋に宿泊した夜、若い女が一人夢の中に出てきて「私は夫を亡くし、遺産の絹百二十疋を売って、下女と一緒に故郷に戻る途中、この宿屋の主人に殺され財産を盗られました。私達は床下に埋められて未だ朽ちてもいません」と訴える。翌朝役人は女の言葉通りに証拠を見つけ、宿屋の主人を処刑した」（傍線部は本章と共通する描写）という筋である。

ところで、本章に渦巻く欲望と怨念は、一見ユートピアのように見えた異界―春ののどかな風景―が、必ずしもそこに暮らす人にとってのユートピアでないことを剥き出しにする。異界とは、隔絶された世界ではなく現実世界の傍らに存在する変形された現実世界に過ぎない、という皮肉をえぐり出す西鶴は、異界であることを示す記号を付与している。

例えば、隠れ里の伝説は諸国に存在するのに、何故飛騨なのか。飛騨の山は森林と鉱山という宝の山だった。また、飛騨の国境は山の中が多く、明確な区分がなされていないこともあったようだ。山の中の境界の曖昧さと、その中に眠れる宝というイメージを得やすい土地を選んだと考えられる。異界の描写には、『桃花源記』（巻末の参考資料参照）の表現を借りて桃源郷のイメージと、「唐門」「島絹」などから琉球を髣髴とさせるような異国的情趣を付加させている。そして最後に奉行の乗る「紅の風車」。風車は、千里飛ぶという不思議な車。紅という色も、ありえないものの色としての用例が西鶴にはある（『新可笑記』巻五の五など）。

現実世界に戻った奉行は、異界探索の命を受けることにより、現実世界の人が持つ欲望を再認識させられる。しかし、たとえ隠れ里であっても、そこに人が住んでしまえば結局は実際の世と重なってしまうことは異界での体験が物語る。問題は場所でなく人にある、とする冷徹な観察眼は、「人はばけもの」に通底していく認識だとも言える。

（宮本祐規子）

風車『賢女の手習并新暦』

巻二の六　男地蔵《をとこぢざう》　現遊《げんいう》

都《みやこ》　[1]北野《きたの》の片町《かたまち》にありし事

北野の片脇《かたわき》に、[2]合羽《かつぱ》のこはぜをして、その日をおくり、一生夢のごとく、草庵《さうあん》に独《ひと》り住む男あり。

都なれば、万《よろづ》の慰み事もあるに、この男は、いまだ西東《にしひがし》をも知らぬ程の娘の子を集め、好《す》ける玩《もてあそ》び物をこしらへ、これに打ちまじりて、何の罪もなく明暮《あけくれ》たのしむに、後《のち》には[3]新《しん》さいの川原《かはら》と名付けて、五町三町《ちやう》の子供ここに集まり、[4]父母《ちちはは》をも尋ねず遊べば、親ども喜び仏《ほとけ》のやうにぞ申しける。

その後《のち》、この男夜《よ》に入り、[5]月影をしのび、京中《きやうなか》にゆきて美しき娘を盗みて、二、三日も[6]愛しては又帰しぬ。これを不思議の沙汰《さた》して、暮《くれ》より用心していとけなき娘を門《かど》に出さず、都の騒ぎ大方《おほかた》ならず。昨日《きのふ》は六条の珠数屋《じゆずや》の子が見えぬとて嘆き、今日は新町《しんまち》の椀屋《わんや》の子を尋ね悲しむぞかし。

※原本の目録では「楽しみの男地蔵」となっている。「現遊」は、この世の楽しみの意。

1　現在の京都市上京区、北野天満宮のあたり。西陣織などで生活する人が多かった。近くに佐井通りがある。

2　防寒や雨具に用いる合羽をとめる小鉤（こはぜ）を作って。

3　賽の河原は、俗説では死んだ子供が行くところで、父母の供養のため石を積み塔を作るが、鬼がそれを崩し地蔵が救う。ここでは子供と遊ぶ男を「地蔵」にたとえ、その草庵のあたりを「新賽の河原」と呼んだ。

『骨董集』

[7]頃《ころ》は軒端《のきば》に菖蒲葺《あやめふ》く五月の節句の、色めける、[8]室町通《むろまちどほ》りの菊屋《きくや》の何某《なにがし》のひとり娘、今七歳《しちさい》にてそのさますぐれて生れつきしに、乳母《うば》・腰元《こしもと》がつきて、[9]入日《いりひ》をよける傘《かさ》さし掛けて行くを見すまし、横取りにして抱《いだ》きて逃ぐるを、[10]「それそれ」と声をたつるに、追つかくる人もはや形を見失ひける。この男の足のはやき事、京より伊勢《いせ》へ[11]一日に下向《げかう》するなれば、跡につづくべき事およびがたし。その面影を見し人のいふは、「先《ま》づ[12]菅笠《すげがさ》を着て、耳の長き女」と見るもあり。「いや、顔の黒き、目の一つあるもの」と、[13]とりどりに姿を見替《か》へぬ。かの娘の親いろいろ嘆き、洛中《らくちゆう》をさがしけるに、[14]自然と聞

4 子供たちが、親のことを忘れるほど遊びふけったので、仕事で忙しい親たちが、男に感謝して仏のように言った。
5 月の光を避け。
6 かわいがっては。
7 家々の軒端に菖蒲を飾る、五月の端午の節句の頃で。挿絵参照。
8 京都の中央部を南北に走る、呉服屋など裕福な家が多いはなやかな通り。
9 夕日を避けて娘にさしかけた傘。お乳母日傘ともいう。富裕な家が用いた。挿絵参照。
10 「それ、人さらいだ」と大声をあげたので。
11 わずか一日で下ることが出来たので、とても追いつけない。
12 菅の葉で編んだ質素な笠。挿絵参照。
13 見る人によって、その姿がさまざまに見えた。
14 偶然に。

き出《いだ》し、かの子を取り返し、この事を言上《ごんじやう》[15]申せば、召し寄せられて、おもふ所を御聞きあそばしけるに、只《ただ》何となく、小さき娘を見ては、そのままに欲しき心の出来《いでき》、今まで何百人か盗みて帰り、五日三日は愛して、また親元へ帰し申すのよし、[16]外《ほか》の子細《しさい》もなし。

かかる事のありしに、今まで世間に知れぬは、[17]石流《さすが》都の大《おほ》やうなる事、思ひ知られける。

15 町奉行所に申し上げると、奉行はその男を召されて。

16 外に特別な理由・動機もなかった。

17 正しくは「流石」。これは、当時の慣用。

鑑賞の手引き

都市型犯罪の不思議

この話の主人公は、大都市京都の市井に住む、貧しい、一見平凡な職人である。ただこの男には、近所の幼女たちを集めて、その中にまじって無心に遊ぶ、人とは違った趣味があった。

地蔵が大人の亡者だけでなく、死んだ子供たちを鬼から守る様子を描いた「子とろ子とろ」の図（注参照）は、男が幼女たちと遊ぶ場面を彷彿とさせるが、男が地蔵にたとえられる理由はそれだけではない。昼の男の地蔵の顔は、夜になると、美しい娘と見るとつい連れ去ってしまい、四、五日かわいがって返すという幼女誘拐犯の顔に変貌するが、男は恐るべき速い足で逃げるので、誰にも捕らえることができない。それはおそらく、『地蔵菩薩霊験記』や『今昔物語集』などに描かれた、現世で殺されかけた人や地獄に堕ちた人を救うときの地蔵の俊足ぶりと関係している。ただし、死や地獄の苦しみから人々を、とりわけ子供を救おうとする地蔵とは異なり、この男は、ただおのれの「欲しき心」＝欲望につき動かされて、幼女を奪い逃亡しているだけである。

娘を誘拐された親の必死の捜索の結果、男の行為が露顕して訴えられるが、幼女を愛するだけでとくに危害を加えないこの男の欲望を、京都の町奉行は裁き、罰することが出来ない。捕らえられる以前の男は、京の人々の眼には耳の長い女や一つ目小僧のような化け物にみられたが、美しい幼女だけをさらう欲望にとりつかれて、大都会に紛れ住む男は、京の人々の幻想以前に、一種の化け物に似た存在だったといえないこともない。

後年西鶴は、『本朝桜陰比事』のやはり京の町を舞台にした「十夜の半弓」で、「何の事もなく」人を殺したい欲求にかられて通行人を弓矢で射殺した男を描いている。しかし「男地蔵」の話は、こうした男の不思議な心理をさらに深く分析する方向には向かわずに、このような男も含めた多様な人間が存在しうる、また、たくさんの幼女がさらわれてもそれを知らずにすませてきた、大都市の空間そのものへの驚きに話が拡散したところで終わる。

（森　耕一）

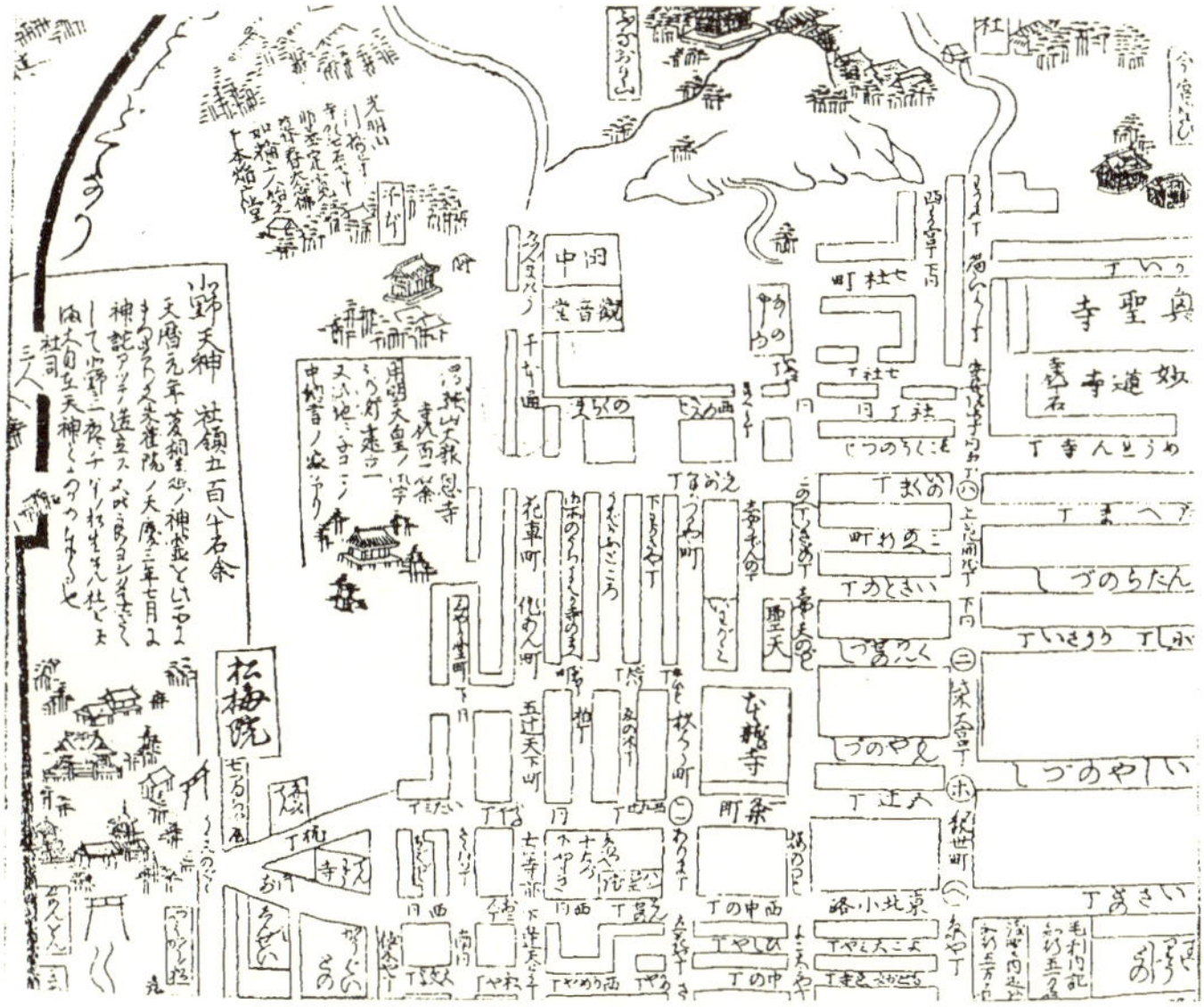

近世中期の北野・西陣・室町通

巻二の七

神鳴《かみなり》の病中《びやうちゆう》　欲心《よくしん》

[1]信濃《しなの》の国[2]浅間《あさま》にありし事

欲には一門《いちもん》兄弟の中も、見棄《みす》つる事、世のならひぞかし。

信濃の国、浅間の麓《ふもと》に、松田藤五郎《まつだとうごらう》と申して、所ひさしき里《さと》人《びと》のありしが、今年《こんねん》[3]八十八歳にして、浮世《うきよ》に何をか思ひ残す事もなく、末期《まつご》の近づく時、藤六・藤七、二人の子を枕に、「我、相果《あひは》てての後《のち》、[4]摺糠《すりぬか》の灰までも、二つに分けて取るべし。さてまた、この刀は[5]めいよの命を助かり、この年まで世に住む事の目出度《めでた》く、この家の宝物となれば、たとへ牛は売るとも、これをはなつことなかれ」と[6]念比《ねんごろ》に申し置かれて、つひに仏の国へまゐられけるに、いまだ七日も経つや経たずに、はや[7]跡職《あとしき》を争ひ、諸道具両方へ分け取る。

件《くだん》の刀をば、兄も弟《おとと》も心掛《こころが》けて、論ずることの見苦しさに、親類立ち会ひ、「兎角《とかく》、[8]惣領《そうりやう》なれば、この[9]一腰《ひとこし》は藤六に渡せ」

1 現在の長野県。
2 信濃国の歌枕。活火山であることから、煙・もゆるなどという言葉が連想され、恋の苦しみや地獄の苦しみなども想起される言葉。
3 米寿といい、本来なら長寿を祝う行事を行う年齢。
4 籾殻の灰といったささいなものまでも、財産を兄弟で二等分して相続せよ。
5 不思議なことに命を助かり。
6 熱心に。
7 相続の対象となる家督と財産。
8 長男。
9 腰に差すもの。刀のこと。

と、いろいろに申せど、弟《おとと》はさらに合点《がつてん》をせず、兄は是非に取らねばきかず、いづれも10曖《あつか》ひに、日を暮らしぬ。藤六申すは、「二つに分けたる家を、皆藤七に取らすべし」と申せば、やうやう曖《あつか》ひ済みて、藤六は刀ばかりとつて家を出《いで》、「11向後《きやうこう》百姓をやめる」と、それよりはるばるの都に上《のぼ》り、目利《めきき》へ行きて、これを見するに、12奈良物《ならもの》にして、しかも焼刃《やきば》も、13かつてなれば、重ねて人手にも取らねば、また古里《ふるさと》に帰り、母親の方《かた》に行きて、刀の様子を尋ねけるに、老母語りけるは、

「そのむかし国中《こくちゆう》、百日の日照り、14ふけ田《た》も干潟《ひがた》となつて、村々15水論《みづろん》のありし時、隣里《となりざと》の男を、親仁《をやぢ》切り付けられしに、16渋《しぶ》り皮《かは》も剥《む》けず、危《あや》ふき命を助かられしなり。その時、この刀の切れぬを喜び、命の親とて、一代家の宝物とは申されける。はじめより、無銘《むめい》の何の役にもたたざる物とは、隠れもなきに、その方《はう》が万《よろづ》に替へても欲しがる事の不思議なり。しかも水論は、17正保年中《しやうほうねんちゆう》、六月初めつ方《かた》の事なるに、両村《りやうむら》

10 調停。

11 今から後。

12 奈良刀のこと。奈良で作られた刀で、出来のよくないもの。

13 刀の刃紋もいい加減なものだったので。

14 水分が多くて泥が深くなっている田んぼ。

15 水利権をめぐる論争。水をどのように配分するかの争い。

16 本来は稲や栗などの固い表皮の内側にある薄い皮。ここでは人間の皮膚の表面のこと。

17 一六四四—四八年。本書刊行の約四十年前のこと。

の大勢、千貫樋《せんぐわんび》[18]にむらがり、庄屋《しやうや》[19]年寄《としより》[20]、一命を捨てて、争ひして、今ぞ危《あぶ》なき折ふし、日の照る最中に、一つの太鼓鳴り、黒雲《くろくも》まひさがつて、赤褌《あかふどし》をかきたる、火神鳴《ひかみなり》[21]の来て、里人《さとびと》に申すは、『先《ま》づ静まつて聞きたまへ。ひさしく雨をふらさずして、かく里々《さとざと》の難儀は、我々中間《なかま》の業《わざ》なり。この程は、水神鳴《みづかみなり》[22]ども若気《わかげ》にて夜這星《よばひぼし》[23]にたはぶれ、あたら水[24]をへらして、おもひながらの日照りなり。おのおの手作《てさく》の牛房《ごばう》[25]をおくられたらば、追付《おつつ》け雨を請け合ふ』と申す。『それこそやすき事なれ』と、あまた遣《つか》はしけるに、竜《りゆう》の駒《こま》[26]に一駄《だ》つけて天上《てんじやう》して、その明けの日より、はやしるしを見せて、ばらり

18 用水などを引くための長い樋。
19 村役人の長。畿内西国での呼称。東国では名主（なぬし）と呼ぶ。
20 庄屋の補佐役。
21 晴天の時に雨を伴わないで鳴る雷のこと。落ちると火災を起こす。
22 雨を伴って鳴る雷。
23 流星のこと。
24 液体のことで、水雷が持っている雨の元になるもの。夜這星（よばいぼし）と遊び過ぎてむざむざ腎水（精液）をへらしている。
25 漢方では牛蒡を煎じて、利尿や解毒などの薬とする。強精剤の働きもある。
26 天を駆ける馬に一荷物分積んで。

ばらりと、[27]麻病《しやうかち》気《げ》なる、雨をふらしける」とぞ。

27 咽が渇いて尿が少ししか出なくなる病気のことで、性病の一つである淋病により尿道などに炎症が起きることと同じに扱われている。

鑑賞の手引き

一番欲深いのは誰？

信州浅間山の麓で家宝の刀をめぐって兄弟の相続争いが起こる。兄は刀だけを受け取り、すべてを弟に渡して村を出た。ところが、その刀は値段もつかないなまくら物であった。やがて母から、この刀は水利権をめぐる争いの時に相手を傷つけずにすんだので、大事にされていたことと、その時の日照りの原因が雷の夜遊びのせいだったと教えられる。

この話の面白さはどこにあるのだろうか。副題に「欲心」とあることに注目するなら、「欲心」から何もかもなくしてしまった兄息子の愚かしさを中心に読むのが妥当ということになろう。

しかし、財産分与は『本朝桜陰比事』などでも扱われているが、長子に多く分配されるのが基本である。この話では、父親が財産を二等分しろと遺言したこと。刀の争いの時に、母親が刀の由来を兄に説明しなかったことなどから、両親が弟の方に財産を残したがっているように思われる。刀を手にしてすぐに百姓をやめ

『諸国因果物語』巻一の二、死後火神鳴となって、恨む相手に復讐する

ると宣言し、鑑定に持ち込む兄は、父の遺言を守らずに一攫千金を夢見た。両親は兄の性格を見てとっていたのだろうか。とすればそこには、家名と財産を後世に残すという親の「欲心」がうかがわれるともいえそうである。

また、日照りの原因として神鳴の話が母親から語られるのはどうしてだろうか。落ちてきた雷を治療して、日照りを起こさぬよう約束させる狂言『神鳴』などの話もあり、知られた話である。地名の浅間から連想される言葉は、「煙」「もゆる」「火」などである。恋に絡めて歌に詠まれることが多いが、「神鳴落る」という語も俳諧の付合にはある。当然、これは火事を起こす火神鳴のことである。

日照りの原因は雨を降らせる「水神鳴」が、「夜這星」と遊びすぎて水が出ないという事情が火神鳴

「浅草拾遺物語」巻三の四の挿絵
地面に落ちた雷神の子が雨を降らせながら昇天する図。

から語られる。天へ献上された牛蒡が精力剤・利尿剤であることや、淋病という言葉などから見て、ようやく降った雨はいったいどこから出てきたのか…。考えると雨に濡れるのも考え物である。

仕事も忘れて水神鳴が「欲心」から遊び過ぎたために日照りになり、己の田に水が欲しいという「欲心」から人間達が命がけで争っていた。仏教では人間の欲望として五つ、五官（眼・耳・鼻・舌・身）の感覚的な欲望を指したり、財・色・飲食・名誉・睡眠を求める欲があるとする。この話に描かれた「欲心」はそれぞれどれにあったっているのか。

以上のように、たくさんの「欲心」が描かれた作品だと言えよう。短い話ではあるが、なぜ浅間が舞台なのか?どうして神鳴の話が必要か?誰の欲心が一番のポイントなのか、などと西鶴の発想の源や、連想の順序などを考えるのもまた楽しい読み方ができるはずだ。

（早川由美）

巻三の一

蚤《のみ》の籠抜《かごぬ》け

駿河《するが》[1]の国府中《ふちゅう》にありし事

武勇《ぶゆう》

富士颪《ふじおろし》[2]の騒がしく、府中の町も、用心時《ようじんどき》[3]の歳《とし》の暮《くれ》になりぬ。世をわたる万《よろづ》の事も不足なく、武道具《ぶだうぐ》[4]も昔を捨てず、歴々《れきれき》[5]の牢《らう》[6]人《にん》、津河隼人《つがははやと》と申せしが、いかなる思ひ入れにや、下人《げにん》[7]なしに只独《ただひと》り、すこしの板庇《いたびさし》[8]を借りて住みけるに、十二月十八日の夜《や》半《はん》に、盗人《ぬすびと》大勢しのび入りしに、夢覚《さ》め、枕刀《まくらがたな》[9]をぬき合はせ、四、五人も切り立て追つ散らし、何にても物はとられず、沙汰《さた》[10]なしにして、近所も起こさず済ましぬ。

その夜《よ》また、同じ町はづれの紺屋《こんや》[11]に夜盗《よたう》入りて、家をあらし、染絹《そめぎぬ》・掛硯《かけすずり》[12]をとりて行くに、亭主鑓《ていしゆやり》の鞘《さや》はづして出合ひけるに七八人も取り巻き、主《あるじ》を切りこかし[13]、思ふまま、諸道具《しよだうぐ》までを取つて行く。

夜《よ》明けての御僉議《せんぎ》[14]に、下々の申すは、「皆、髭男《ひげをとこ》の、大小[15]を

1 静岡県静岡市。幕府支配で駿府城代・町奉行・代官所が置かれていた。
2 富士山から吹き下ろす冬の強い風。
3 火事、盗人に用心のいる、慌ただしい歳末。
4 鎧・冑・刀・脇差・鑓・弓などの武具も手放したりせず、昔のままに。
5 身分、家柄が由緒正しい。
6 浪人に同じ。牢屋の意はない。
7 家柄で言えば、下僕を雇うはずが。
8 屋根を板で葺いた粗末な家。
9 護身用として常に枕元に置いてある刀。
10 表沙汰にせず、奉行所に訴えなかった。
11 染物屋。
12 掛子のある硯箱。掛子の下には抽き出しがあり、金銭や帳簿を入れて置いた。序文の頭注および挿絵右側下参照。
13 斬り倒して。
14 駿府町奉行所の取り調べ。
15 刀と脇差。盗人は武士だと証言した。

指してまゐつた」といふ。かかる折ふし、かの牢人の門《かど》[16]に血の流れたる、世間より申し立て、さまざまの申し分け[17]、その証拠もなければ、是非なく籠者《らうしや》[18]してありける。

「昔はいかなる者ぞ」と御たづねあるに、「この身になつて名はなし」と、うち笑つて申す。何ともむつかしき僉議《せんぎ》にて、年《とし》月《つき》を重ね七年《しちねん》過ぎて、駿河の籠者[19]残らず、京都の籠《らう》に引かるる事あり。又このうちにまじり、都の憂き住ひ、武運の尽きなり。

[20]あまた人はあれども、その身に科《とが》を覚えて、今更公儀《こうぎ》[21]を恨みず、命を惜しまず。

ある雨中《うちゆう》に、くろ[22]がねの窓より、幽《かす》かなる明《あか》りをうけ、蛤《はまぐり》の貝にて髭《ひげ》を抜くも

16 家の出入り口。
17 弁明、申し開き。
18 牢舎。取り調べのため牢に入れた。
19 ここは入牢者の意。
20 世に多く人はいるのに、なぜこんな憂き目を見るのか。だがそれも通報しなかった過失だと自覚して。
21 幕府の役所。無実だが、役人を恨まず、命も惜しくはなかった。
22 牢屋の鉄格子。

あり、塵紙《ちりがみ》にて仏《ほとけ》を作るもあり、色々芸づくし、独《ひと》りも[23]鈍《どん》なる者はなし。その中に髪《かみ》白く巻き上がり、さながら仙人のごとくなるが、[24]薄縁《うすべり》の糸にて、細工に[25]虫籠《むしこ》をこしらへ、このうちに十三年になる虱《しらみ》、九年の蚤《のみ》なるこれを愛して、食物《じきもつ》には我《わ》が太腿《ふともも》を食はしける程に、すぐれて大きになり、[26]やさしくもなつきて、その者の声に、虱は[27]獅子踊《ししをどり》をする、蚤は[28]籠抜《かごぬ》けする。[29]悲しきに中にも、をかしさまさりぬ。

後は[30]石川五右衛門《いしかはごゑもん》より伝受の[31]昼盗みの大事、または、[32]高名《かうみやう》咄《ばなし》になつて、ちよろりの新吉《しんきち》といふ男に、片耳《かたみみ》のない子細《しさい》を聞く人に語るは、「我《われ》[33]けはしき事に出合ひしは、四十三度《ど》、一度《ひとたび》

23 愚鈍、不器用な者。
24 畳表に布でへりを付けた敷物。その布の糸で細工して。
25 鈴虫などを飼うための籠。むしかご。
26 従順になついて。
27 一人で獅子がしらをかぶり、腹に太鼓や羯鼓をつけ、笛太鼓の囃子に合わせて舞う大道芸。ほろをかぶり複数で舞う獅子舞と混同された。

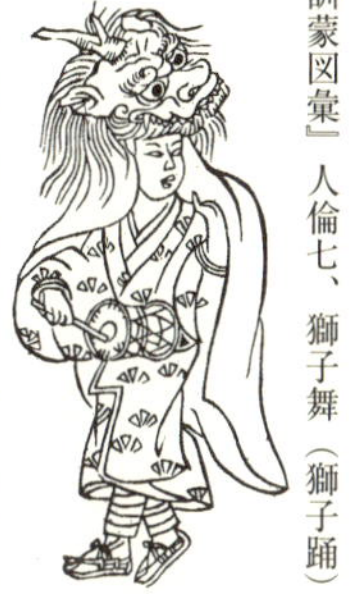

『人倫訓蒙図彙』人倫七、獅子舞（獅子踊）

28 軽業の一種。口一尺半、長さ七、八尺の筒籠を台の上に置き、菅笠をかぶってくぐり抜けたり、空中のろうそ

くや小刀のついた輪をくぐり抜けるもの。
29 悲しくつらい牢住まいであっても。
30 桃山時代の大盗賊。文禄三（一五九四）年捕らえられ、処刑。『本朝二十不孝』巻二の一でも扱われている。
31 白昼堂々おこなう秘伝の盗み方。
32 手柄話、自慢話。
33 困難な場面、危ない目にあうこと。
34 手傷を負うことはなかったが。
35 手捷（てばしこ）く、手早く。
36 武士が盗賊の汚名を着て死ぬことが残念でならない。
37 ちょろりの新吉とその仲間の二人。

も[34]手を負はざりしに、ある時に駿河にて、牢人がたへ押し込みしに、[35]手ばしかく切り立て、みなみな命をやうやう拾ふ。一代にこれ程、好かぬ目にあひつる事はなし。それにもこりず、その夜染物屋《よそめものや》へ入りて、主《あるじ》を切り殺して」と、ありのままに語るを聞きて、

「我《われ》こそその牢人の隼人《はやと》と申す者ぞ。その方《はう》どもの仕業《しわざ》、我《われ》が難儀となるなり。かかる身となりて、さらさら命を惜しむにはあらず、[36]侍《さむらひ》の悪名《あくみやう》とつて、相果《あいは》つる事の口惜し。何とぞこの難の、晴るるやうに」と申しければ、

盗人《ぬすびと》聞きわけ、「我々はそれのみならず、この度《たび》は、女を殺しての科《とが》、かれこれのがるる事なし。御身の事、御訴訟《そしよう》申さん」と、籠番《らうばん》を頼み、[37]両人あらましを申しあげければ、ひさしく済まざる事の埒《らち》明き、牢人を召され、ながながの難儀の段思召《おぼしめ》し、何にても望みを、かなへくださるべき、仰せなり。

牢人ありがたく存じ、「しからばこの二人が命を申し請けた

し。最前はかれら故《ゆゑ》の難にあひ候へども、この度《たび》の申し分けにて、[38]武士の名を埋《うづ》まぬ事のうれしさ」。[39]かさねがさね言上《ごんじやう》申し、助けけるとなり。

38 武士の名が埋もれずにすんだのは嬉しいこと。
39 何度も奉行に申し上げて、二人の命を助けたということである。

鑑賞の手引き

軽妙さの向こう側に

駿河の府中にわび住まいする浪人津河隼人は忍び込んだ賊を斬って追い払うが、同じ夜、紺屋に押し入り主人を殺した盗賊の嫌疑をかけられる。様々の弁明も証拠なく未決囚として牢に入れられ、七年の後、京の牢へ移された。そして、雨夜のつれづれの芸尽くし。とりわけ、蚤の籠抜けは、入牢者たちの心を慰めた。籠の中の蚤が、自分たちの境涯と重なり、哀れを催したからである。それをきっかけに始まった高名話から、真犯人が判り、隼人は汚名をそそぐことができた。さらに自ら申し出て、彼らの命を救ってやった。ユーモラスなものが、深刻な話から軽妙な予定調和的結末への転換点になっている。

ところで、題名の「蚤の籠抜け　武勇」とはどういう意味だろうか。

盗賊を斬り払い、無実の罪で捕らえられても身の科と潔く諦め、武士としての面目が立てば、自分の難儀の原因となった新吉たちの助命を申し出る隼人。その振る舞いは、たしかに武勇であろう。しかし、「命を惜しむにはあらず、侍の悪名とって相果つる事の口惜し」、「武士の名の埋まぬ事のうれしさ」と、命より名誉を重んじることが繰り返し語られることは、かえって、作者が武家の行動規範を異質なものとして、冷ややかに見ていることを感じさせる。もとはと言えば、武勇を頼み、奉行所に届けなかったがために捕えられたのであった。つまり武勇のゆえの入牢なのである。武勇を単純に賞賛すべきものとして、作者は描いているわけではない。それは、ちょろりの新吉との対比で明らかであろう。ちょろりとは、すばしっこいという意味で、蚤を連想させる。片耳を失っても懲りずに盗みと殺しを重ねる。武勇というよりは蛮勇からの悪行である（挿絵参照）。さらに、牢内での懺悔話ならぬ自慢話（武勇談）から旧悪を自ら語ってしまう。ところが、そのことが隼人を救うことになり、「籠抜け」、牢から出ることができる。まさに蚤のごとく運命に翻弄される卑小な者である。だが、もはや逃れられない定めの中で、偶然によって救われるのは、隼人も同様である。もし、京へ移送されることがなかったら、あるいは、その夜牢内で蚤虱の芸がなかったら、「悪名とつて相果てていたはずである。

そう考えると、軽妙でよくできた話の向こう側に、決して偶然によって救われることのない残酷な現実が見えてくる。

（糸川武志）

巻三の二　面影の焼残《やけのこ》り　無常《むじやう》

京[1]上長者町《かみちやうじやまち》にありし事

[2]東山《ひがしやま》の花に暮らし、[3]広沢《ひろさは》の月に明かし、[4]浮世《うきよ》の悲しき事を知らず、上長者町に酒つくり込み、[5]春夏《はるなつ》は隙《ひま》なる、[6]楽《たの》し屋あり。ひさしく子を願ひしに、娘一人まうけて、[7]乳媼《ちうば》をとりて育てしに、今十四歳になりしが、いづれを難《なん》いふべき事もなき、美女なれば、諸人《しよにん》の思ひ入れも深かるべし。

母の親の才覚にて、[8]遅からぬ事を取り急ぎ、縁付《えんづき》の手道具までも、残る所もなく拵《こしら》へ、あなたこなたの[9]云入《いひい》れも合点《がつてん》せず、[10]「都の花を」と、聟見競《むこみくら》べし折ふし、「風の心地《ここち》」と、なやみけるに、京中《きやうぢゆう》の薬師《くすし》に掛けて、さまざま看病すれども甲斐《かひ》なく、惜しや眠るがごとく、世を去りける。二親《ふたおや》のなげき限りもなし。

その日も暮れて、ひそかに野辺《のべ》のおくりをして、[11]千本《せんぼん》の[12]みつ鐘《がね》に、無常覚めて、煙《けぶり》をかくる時、下々《したじた》の女までも、同じ火に

1 現在の京都市上京区、御所の西にある東西の通。土御門通とも。
2 京都市東部を南北に連なる山峰。桜の名所。
3 広沢の池。現在の京都市右京区嵯峨広沢にある。月の名所。
4 世間の貧しさとは無縁に。
5 酒は秋に仕込み、秋冬に売るため、春夏は隙になる。
6 裕福な町家。
7 乳を与える乳母。
8 まだ遅くはない縁組みのこと。
9 結婚の申し込み。
10 都の花ともいわれるような美しい婿を取ろうと。
11 現在の京都市北区、船岡山西麓にあった火葬場。蓮台野とも。
12 陰暦三月、引接寺（いんじょうじ。俗に千本閻魔堂と称す。現京都市上京区閻魔前町）で行なう大念仏の時に鳴らす叩き鐘。

飛び入るばかりの、思ひをなして帰るに、春の闇《やみ》さへつらきに、雨の降り出《いで》て、殊《こと》に哀れを残す。その夜《よ》の明方《あけがた》、[13]七つの時取《ときと》りをして、[14]灰寄《はひよ》せに行くに、乳まゐらせたる嫗《うば》が男[15]、わが宿よりすぐに、人よりもはやく、墓原《はかはら》に行くに、道すがら人も見えず、三月二十七日の空、宵《よひ》の気色《けしき》より、なほ物すごく、焼場に行けば、何《なに》とも見分けがたき形、足元へ踏み当て、「これは」とおどろき、燃《もえ》さしをあげて見れば、死人はうたがひなし。「いかなる亡者《まうじや》ぞ」と、念仏申し、さて娘御《むすめご》の火葬を見るに、[16]早桶《はやをけ》たきぎの外《ほか》へ、こけて出《いで》けるに、気をつけ、かの死人を見れば髪頭《かみかしら》は焼けても、[17]風情《ふぜい》は変はらず。い

13 七つ（午前四時頃）に時刻を決めて。
14 骨あげ。
15 ここは夫の意。
16 棺桶。
17 顔形。

まだ幽《かす》かに息づかひのあれば、木《こ》の葉《は》の雫《しづく》を口にそそぎ、我が一重《ひとへ》をぬぎて、着せまゐらせ、跡へはよその[18]歯骨《はつこつ》を入れ置きて、それより負ひたてまつり、[19]土手町《どてまち》の借屋敷《かしやしき》に行きて、年頃《としごろ》目をかけし者をたたき起こし、「忍びて養生をする病人」と申し、一間《ひとま》なる所へ[20]たて込み、夜《よ》明けて見るに、惣身《そうみ》[21]黒木《くろぎ》のごとし。二度《ふたたび》人間にはなりがたきありさまなれども、脈にたのみあれば、不断の医者を呼びに遣《つか》はし、[22]はじめを語りて、しのびしのびに薬を盛れば、次第に目を明き、足手を動かし、自然《じねん》に見苦しき事もやみぬ。

半年も過ぎて、様子を聞けども、かつて物をいはねば、[23]現《うつつ》の人に会へるごとし。これは薬師《くすし》も合点ゆかず、「占《うらな》はしても見給へ」と、[24]安部《あべ》の何《なに》がしを呼びて、[25]八卦《はつけ》を見るに、「この人何程、薬を尽くしたまふとも、利《き》く事更《さら》にあるまじ。子細《しさい》は、親類中《るいぢゆう》に、[26]うき世になき人の弔ひ事をしたまふ故《ゆゑ》ぞ」と、見通す様《やう》にぞ申しける。

18 白骨に同じ。
19 京都市街地東部、河原町通の東にある南北の通。この通の東側は鴨川になる。
20 戸や障子を閉め切って隠し入れ。
21 生木を黒く蒸し焼きにした薪。
22 一部始終。
23 正気を失った人。
24 平安中期の陰陽師安倍晴明にちなみ、占師に安倍（安部）姓を称する者が多い。
25 占わせてみると。「八卦」は、易で陰陽を表す三個の算木（さんぎ）の組み合わせによりできる八つの形。転じて、占いの意。
26 この娘をこの世にない者として、法事をなさっておられるからだ。

「今は隠して叶《かな》はじ」と、長者町に行きて、二親に段々、この事を語れば、夢の覚めたる心地して、「たとへ姿はともあれ、命さへ世にあらば、うれしさこれぞ」と、俄《にはか》に仏壇の位牌《ゐはい》をくだき、仏事をやめて、[27]精進《しやうじん》を魚類《ぎよるい》にひき替へて、祝言にいさみをなせば、たちまちその日より物をいひ出し、この程の恥を悲しみ、親達のなげきを思ひやり、万《よろづ》の心ざし、常にたがふ事なし。[28]「我《われ》無事、すゑずゑは出家《しゆけ》になして」と、一筋《ひとすぢ》におもひ定め、その後《のち》は親にも一門にも会はず。

かくて三年《みとせ》も過ぎて、昔に替はらず、美女となりて、つねづね願ひ通り、十七の十月より、身を[29]墨染《すみぞめ》の衣《ころも》になし、[30]嵐山《あらしやま》の近《ちか》なる里に、ひとつ庵《いほ》をむすび、後《のち》の世を願ひける。またためしもなき、よみがへりぞかし。

27 肉食（にくじき）を断ち精進していた食事を魚類にあらため、娘が生き返った祝いに活気づくと。

28 私もこうして無事に生き返ったからには、後々は出家にしてください。

29 出家する意。「墨染の衣」は、僧尼の着る黒衣。

30 京都市西部、大堰川右岸にある山。嵯峨に接するこの付近は、遁世者が隠れ住んだ。

よみがえりは幸か不幸か

死んだと思った娘が息を吹き返した。乳母の夫は、なぜ娘の両親にすぐ知らせなかったのだろうか。よろこばしいことだと思われるのに。

疑問を解く鍵は、堤精二「『近年諸国咄』の成立過程」（『近世小説　研究と資料』昭和38）が指摘する本話の典拠、浅井了意《あさいりょうい》作『伽婢子《おとぎぼうこ》』（寛文六年〈一六六六〉刊）巻四の四「入棺之尸甦怪《にっかんのしかばねよみがえるあやしみ》」にある。

蘇生した死者は、心残りだが、その場で打ち殺す習わしになっている。理由は、死者の蘇生は下克上の予兆、連れ帰ると凶事をもたらすからだ――「入棺之尸甦怪」はこのように記している。

このような習俗を背景に置くと、娘の蘇生を親に知らせず、秘かに養生させた

『伽婢子』巻四の四（新日本古典文学大系より）

男の思いが理解されよう。知らせたばかりに、せっかくよみがえった娘が殺されでもしたら――。不憫《ふびん》の情。「入棺之尸甦怪」には、習俗に背いて、蘇生した死者を連れ帰った話を二例載せる。連れ帰ったのは、「無下にかはゆし（あまりにかわいそうだ）」「さすがに不敏（さすがに不憫だ）」と思ったためであった。一方、本話の男が何を思って娘を火葬場から連れ帰ったか、西鶴は書かない。が、本話が「入棺之尸甦怪」に拠ることを考えれば、「無下にかはゆし」「さすがに不敏」との思いを読みとることはできる。くわえて、主家への慮りもあったろう。娘を両親のもとへ連れ帰れば、娘の身も心配だが、主家に凶事のふりかかることも不安である。ならば、秘かに養生させるしかない、と。

本話の挿絵を手がかりに、乳母の夫と娘との恋愛感情を読む説もある（平林香織「西鶴作品における〈背負い〉の図」『長野県短期大学紀要』61、平成18・12）。参照されたい。

（井上和人）

巻三の三　お霜月《しもつき》の作《つく》り髭《ひげ》　馬鹿《ばか》

大坂《おおざか》[1]玉造《たまつくり》にありし事

大上戸《だいじやうご》の同行《どうぎやう》[2]四人、いつとても諸白《もろはく》[3]、二斗切《にとうきり》に呑《の》みほしける。このお寄坊主《よりばうず》[4]、はじめの程《ほど》は、雫《しづく》も嫌《きら》はれしが、人々に進められて、もろもろの小盃《こさかづき》をふり捨てて、阿波《あは》[5]の大鳴門《おほなると》・小鳴《こなる》門《と》と名付けて、渦《うづ》まく酒をよろこぶ。いづれも子供に世をわたし、年に不足もなければ、何かおもひ残する事もなし。

楽しみは呑死《のみじに》と定め、折ふし十月二十八日、今宵《こよひ》お取越《とりこ》[6]しとて、殊勝にお文《ふみ》[7]をいただき、ありがたきお談合《だんこ》[8]に泪《なみだ》を流し、跡は例の大酒《おほざけ》になつて、前後をしらず、小歌《こうた》まじりになぐさみける。その次の間《ま》に、近所の若い者ども、親仁達《おやぢたち》の騒ぎをかしがり、これを聞寝入《ききねい》りにして、居《ゐ》る中に、その夜更《よふ》けてから、沙《さ》[9]汰《た》なしに聟入《むこい》りをする男ありしが、うれし顔《がほ》に、内にも居《ゐ》られず、ここにその時分を待ち合はすを、かの法師の見つけて、

1　大阪市中央区の東部から天王寺区北部。
2　信仰を同じくする仲間。とくに浄土真宗の信者をいう。
3　精白米を用いて作った上酒。諸白酒。
4　仏事に招かれる僧。
5　鳴門海峡には大小二つの渦巻がある。ここでは大杯のこと。
6「取越し」は繰り上げること。本来は、親鸞の忌日である十一月二十八日の前の七日間、二十一日から二十七日までを報恩講といい、東本願寺で法事を行うが、それを繰り上げているのである。
7　蓮如上人の書いた御文（領解文）をいただき。
8　ご法話に涙を流し。蓮如上人は室町時代の僧。浄土真宗中興の祖とされた。
9　世間に披露しないで。

「この男奴《め》は、今晩聟入りをすると、兼ねて聞いたり。先の娘の美しさ、昔の[10]浄瑠璃御前《じやうるりごぜん》も及ぶまじ。にくやあいつ奴《め》が、[11]御《おん》曹司様《ざうしやう》に、[12]髪月代《かみさかやき》をしすまして、呼ばぬさきから、女房自慢なる顔つきに、さらば祝うて、[13]釣髭《つりひげ》」と、墨すり筆に染めて、物の見事に作りければ、年寄ども、その筆を[14]ばひあひて、我も我もとつくる程に、顔ひとつ、[15]手習《てならひ》のごとく書きよごしける。

その後《のち》[16]けはしく宿にかへり、袴《はかま》着るまでも、人の気もつかず、その姿にて聟入りせしに、先にて興《きやう》を覚《さ》まし、[17]指添《さしぞ》へをさげて、駆け出すを、舅《しうと》留《とど》めて、申すは、「この上は、おのおの堪忍あそばしても、[18]我等きかず。もはや

10 源義経（牛若丸、御曹司とも）と契ったという伝説の残る浄瑠璃姫。
11 家柄の良い子息のように、という意と、浄瑠璃姫の相手の義経（御曹司）のように、という意をかける。
12 髪を結い、月代を剃って。
13 口髭の先を上にはねあげたもの。
14 奪い合って。
15 習字の稽古。
16 あわただしく。
17 脇差。
18 私。自称の単数を表す代名詞。

百年目《ひやくねんめ》」と、死出立《しにいでた》ちになりて行くを、[19]両町《りやうちやう》ききつけ、さまざまに[20]曖《あつか》へども、きかざれば、やうやう四人に、作《つく》り髭《ひげ》をさせ、頭《かしら》に[21]引裂紙《ひきさきがみ》をつけ、[22]上下《かみしも》を着し、日中《につちゆう》に詫言《わびごと》。よい歳《とし》をして、孫子《まごこ》のある者共、面目《めんぼく》なけれど、死なれぬ命なれば、是非もなき事なり。中にもすぐれてをかしきは、御坊《ごばう》の[23]上髭《うはひげ》ぞかし。

19 いたずらをした者の住む町と、された者の住む町の住人。それを代表する年寄、町役人。
20 仲裁をするけれども。
21 紙を細く断ち切り、畳んで元結に用いるもの。狂人の証。挿絵参照。
22 町人の礼装。袴と肩衣を着る。
23 鼻の下の髭。くちひげ。挿絵参照。

鑑賞の手引き

酒の失敗が招いた「馬鹿」話

この世に何も思い残すことのない四人が酒を飲んだ。飲み過ぎた挙げ句に、四人のうちの一人が、その夜婿入りする予定となっていた若者の寝顔に墨で髭を作るといういたずらをしてしまう。すると他の三人も先を争って顔に落書きをし、若者の顔は習字の手習いの紙のようになってしまった。酔いに任せていたずらに興じたこの四人、実はこともあろうに孫まで持つ老齢の男たち、しかも浄土真宗の信者たちだというのだ。

若者が顔に落書きされたことに気づかず婿入りをしたため、ただのいたずらが町をあげての大騒動となってしまう。四人はそれを収めるため、酔いのすっかり覚めた昼間に謝りに出かけることに。大酒を飲んで死ぬのが本望だと考えていたこの男たち、しかし実際は「死なれぬ命」であるから仕方がない。思う通りにはいかなかったのである。

本話には、典拠を狂言「六人僧」とする説（鈴木敏也「草の種」『西鶴研究』2、昭和12）がある。信者仲間がいたずら心を起こし、そこから話が展開するという点で一致している。ただし、いたずらが高野山に参る道中で行われたということ、その内容は仲間の一人が寝ている間に髪を剃り落とすというものであったことが本話とは大きく異なる。「六人僧」では、いたずらをされた男が郷里に戻って、いたずらをした二人の妻たちを騙して尼にする。最終的には男の妻も合わせて三組の男女が法体となり「南無阿弥陀仏」と念仏をして別れる。六人とも仏道修行を行っていくのである。

いたずらから話が展開するものの最終的には仏道修行を行うことになってしまう「六人僧」とは異なり、西鶴は、本話を仏道修行には一切関わりのない設定に改めた。唯一の関わりは、いたずら書きをする老齢の男たちを坊主と信者仲間とした点である。本話に登場する男たちは、忌日にかこつけて大酒を飲み、さらには婿入り前夜の若者に落書きをする。救いようのない「馬鹿」話に仕立てたわけである。

本話には、どのような西鶴の意図が込められているのだろうか。西鶴は、本来親鸞の忌日に行う法事が十月二十八日に繰り上げて行われているのは、実は大酒を飲むために行っているということを露呈させているのだ。しかも大酒を飲んで失敗したのが信者仲間とすれば愚かさが一層強まる。酔いが覚めた老齢の男たちが、自分たちのいたずら同様に髭を書いて正装してお詫びに回る。いかにも滑稽な光景である。（佐伯友紀子）

巻三の四　紫女《むらさきをんな》

[1]筑前《ちくぜん》の国博多《はかた》にありし事

夢人《むじん》

筑前の国、[2]袖《そで》の湊《みなと》といふ所は、むかし読みぬる[3]本歌《ほんか》に替《か》はり、今は人家《じんか》となつて、肴棚《さかなだな》見え渡りける。

礒《いそ》くさき風をも嫌ひ、[4]常精進《じやうしやうじん》に身をかため、仏の道のありがたき事におもひ入れ、三十歳まで妻をも持たず、世間むきは武道を立て、[5]内証は出家《しゆけ》ごころに、[6]不断座敷《ふだんざしき》をはなれ、松柏《まつかしは》の年ふりて、深山《みやま》のごとくなる奥に、一[7]間《けん》四面の閑居をこしらへ、[8]定家机《ていかづくゑ》にかかり、[9]二十一代集を、明暮《あけくれ》写しけるに、折ふしは冬の初め、[10]時雨《しぐれ》の亭《ちん》の、いにしへを思ふに、物の淋《さび》しき[11]突揚窓《つきあげまど》より、やさしき声をして、「伊織《いおり》さま」と名をよぶ。

女の来《きた》る所にあらねば、不思議ながら、有様をみれば、いまだ[12]脇《わき》明けしきぬの色、紫《むらさき》を揃《そろ》へて、さばき髪を真中《まんなか》にて、金紙《きんがみ》に引き結び、この美しき事、何ともたとへがたし。これを見

1　福岡県。
2　福岡市博多中央部を横切る入江。歌枕。古代から大陸との貿易港として栄えた。
3　「思ほえず袖にみなとの騒ぐ哉唐土船の寄りしばかりに」（『伊勢物語』二十六段）などの古歌に詠まれる。
4　常々、肉食などの欲望を厳しく断った生活。
5　実質は出家した僧の気持ちで。
6　普段使っている居間。
7　一間（約一・八メートル）を四辺とした庵。二畳の茶室程度の広さ。
8　文机。歌人などが用いた小机。
9　古今集から新続古今集までの二十一の勅撰和歌集。
10　鎌倉時代初期、藤原定家の好んだという、京都小倉山の山荘。
11　戸を下から突き上げて開ける突き出し窓。（次頁の図版参照）
12　袖脇の空いた着物を着ている。未婚女性を示す。

13 観賞用に美しく装飾された京羽子板。

14 数取り歌を歌いながら一人で羽根を突く遊び。

15 くぐって出入りする小さい戸口。

（突揚窓）

るに、年月《としつき》の心ざしを忘れ、只《ただ》夢のやうになつて、うつつをぬかしけるに、この女袖《そで》より、[13]内裏羽子《だいりはご》板《いた》を取り出して、独《ひと》り羽根をつきしに、「それは[14]嫁突《よめつき》か」と申せば、「男もたぬ身を、嫁とは人の名を立て給ふ」と、[15]切戸《きりど》おし明けて、はしり入り、「誰でもさはつたら、[16]つめる程に」と、[17]しどけなき寝姿《ねすがた》、自然と[18]後結《うしろむす》びの帯解けて、紅《くれなゐ》の[19]二《ふた》のもの、ほのかに見え、細目《ほそめ》になつて、「枕といふ物ほしや。それがなくば、情《なさけ》しる人の膝《ひざ》が借りたいまで。あたりに見る人はなし。今鳴る鐘は[20]九つなれば、夜《よ》もふかし」といふ。

いやといはれぬ首尾、俄《にはか》に身をもだえて、いかなる御かたと、

尋ねもせず。若盛《わかざか》りのおもひ出、はや[21]曙《あけぼの》の別れを惜しみ、「さらば」と出て行くを、まぼろしのごとく、かなしく、又の夜になる事を待ち兼ね、人には語らず、契りを籠《こ》めて、いまだ二十日もたたぬに、我は覚えず、次第に瘦《や》するを、念比《ねんごろ》なる[22]薬師《くすし》のとがめて、脈を見るに、おもふにたがはず、[23]陰虚火動《いんきよくわどう》の気色《きしよく》に極まり、「さりとは頼みすくなき身の上なり。日頃《ひごろ》はたしなみ深く見えたまふが、さては隠し女のあるか」と、尋ねければ、「さやうさやう、さやうの事は、なき」と申されける。

「我にしらせ給はぬは不覚なり。命の程も迫るなり。つねづね別して語り、そのままに見捨てて、殺しけると、世の取沙汰《とりざた》も迷惑なり。今より御出入申すまじき」と、立ち行くを留《とど》め、「何をか隠し申すべし」と、[24]段々はじめを咄《はな》せば、道庵《だうあん》しばし考へ、「これぞ世に伝へし、[25]紫女といふ者なるべし。これにおもひつかるるこそ、因果《いんぐわ》なれ。人の血を吸ひ、一命を取りし事ためしあり。兎角《とかく》はこの女を切りたまへ。さもなくては、やむ

16 つねる。
17 無雑作に乱れた。
18 未婚の女性の帯の結び方。
19 女性の下着。腰巻。
20 九つの鐘。午前零時頃。
21 後朝（きぬぎぬ）、男女の名残つきない別れ。
22 医者。
23 過度の性行為による心身の衰弱。生命の危険を招くとされた。
24 順々に、はじめから、事の次第を。
25 「狐は古へ淫婦の化する所、其名を紫と曰」（和漢三才図会三十八）ともいう。

事なし。又養生のたよりもなし」と、すすめければ、伊織おどろき、おろかなる心を取りなほし、「いかにもいかにも、しるべもなき、美女の通ふはおそろし。是非今宵《こよひ》、打ち止《と》めん」と、油断なく待つ所へ、袖《そで》を顔に押し当て、「さてもさても、この程の御情《なさけ》に引きかへられ、我を切りたまはんとの御心入れ、うらめしや」と、近寄るを、抜打《ぬきう》ちにたたみかくれば、そのまま消えかかる。面影をしたひ行くに、[26]橘山《たちばなやま》のはるか、木深《こぶか》き洞《ほら》穴《あな》に入りける。

その後も心を残し、あさましき形《かたち》見えければ、国中《こくちゅう》の道心者あつめて、弔ひけるに、影消えて伊織も、[27]あやふき命を。

26 福岡市東区と糟屋郡新宮町・久山町の境にある立花山。標高三六七メートル。『西鶴と浮世草子研究』2（平成19）の「江戸の怪異スポット」参照。

27 文末に「助かりける」などの言葉が省略されているとみられる。

鑑賞の手引き

妖女の「雅」と「俗」

筑前国博多の袖の湊に、世を捨て風雅な閑居生活を営む青年・伊織。初冬の頃、紫の美しい着物姿の年若い女性が突然現れ、夜ごとに彼と逢瀬を楽しむ。次第に衰弱する伊織を叱る医師は、「紫女の仕業だ」と看破し、女の退治以外の治療法はない、という。気を取り直した伊織に斬られて、女は橘山の森深く、洞穴へ逃げ去っていく。

本話の「紫女」は「紫」の名の女性であることから、その正体は狐ではないかと言われている。不思議な力をもつ「狐」を超自然的現象の仕業とみる見方は古くからあり、巻一の七「狐四天王」の播州於佐賀部狐のみならず、巻二の一「姿の飛乗物」の飛行する女駕籠の正体も「狐川」に関わるとみられる。西鶴作品にはこの他、『懐硯』巻二の五「椿は生木の手足」に信太の森の狐達が登場する。

夜な夜な出現し青年を誘惑、快楽の果てに人間の生命力を奪い死へと導く美女、という展開は、中国の『剪燈新話』やその翻案『伽婢子』、そして落語（野ざらし）で有名な「牡丹灯籠」系統の凄惨な怪談の型を踏まえており、古今東西の吸血鬼伝説などをも連想させるものだ。しかし、人間に反撃され「木深き洞穴に」逃げてしまう結末では、その存在の恐ろしさはどことなく、人を化かしていた「狐」が慌てて隠れるような、ユーモラスな動物的滑稽さに転換されてしまう。

歌枕でもある「袖の湊」、現在の福岡市那珂川下流の入海は、平清盛造営の人工港から対外貿易の窓口となって繁栄した都市であるが、近世期には川筋が変化し下流に堆積する土砂で浅瀬が埋没して陸地となっていた。博多には名妓「博多小女郎」で知られた遊郭もあり、紫女には遊女のイメージも重なる。当代の卑俗さを厭い「時雨亭」風の文雅を慕う青年・伊織には、定家と式子内親王の恋の伝説のイメージも重ねられ、福岡藩主黒田家の家臣の文化人・立花実山が彼のモデルであるともいわれる。一方、博多の東北部の立花山は、かつての大友氏・立花氏の山城で戦国期の古戦場であり、最澄の独鈷伝説など様々に歴史的な由来が残る地である。奇妙な怪異譚の中で〈中世〉と〈近世〉が絡み合う味わいも、本話の一興である。

（大久保順子）

巻三の五　行末《ゆくすゑ》の宝舟《たからぶね》

諏訪《すは》[2]の水海《みづうみ》にありし事

無分別《むふんべつ》[1]

人間程《ほど》、物のあぶなき事を、かまはぬものなし。

信濃《しなの》[3]の国諏訪の湖《みづうみ》に、毎年《まいねん》[4]氷の橋かかつて、狐《きつね》の渡り初《そ》めて、その跡は人馬《じんば》ともに、自由に通ひをする事ぞかし。春また、狐の渡りかへると、そのまま氷とけて、往来《ゆきき》を止めけるに、この里のあばれ者、根引《ねびき》の勘内《かんない》といふ馬方《むまかた》[5]、廻《まは》れば遠しと、人の留《と》むるにもかまはず、我《わ》[6]が心ひとつに、渡りけるに、真中《まんなか》過ぎ程になりて、俄《にはか》に風暖かに吹きて、跡先《あとさき》より氷消えて、浪《なみ》の下にぞ沈みける。この事隠れもなく、哀れと申し果てぬ。

同じ年の七月七日[7]の暮《くれ》に、星を祭るとて、梶《かぢ》[8]の葉に歌を書きて、水海《みづうみ》に流しあそぶ時、沖のかたより、ひかり輝く舟に、見なれぬ人あまた、取り乗りける。其《そ》の中に勘内、高き玉座《ぎよくざ》[9]に居《ゐ》て、そのゆゆしさ[10]、むかしに引き替へ、皆々見違へける。舟よ

1　あとさきを考えていないこと。本文冒頭の一文同様、この章の重要なキーワードである。
2　現在の長野県諏訪市にある諏訪湖。
3　現在の長野県。
4　氷が割れ目に沿って盛り上がる御神渡（おみわたり）という現象のことで、小寒後にこの現象がおこると湖上の往来が可能になり、立春後の同現象が往来不可能の合図とされていた。
5　荷物や人を乗せる馬を引く仕事をする人。不作法な者が多いといわれている。
6　自分の勝手な判断で。
7　五節句の一つの七夕。
8　梶の木の葉。七夕祭りの際、梶の葉に詩歌を書いて供える風

（『人倫訓蒙図彙』巻三）

り[11]心静かにあがり、前に使はれし[12]親方のもとに行けば、いづれもおどろき、様子聞くに、「それがし只今《ただいま》は、[13]竜《たつ》の中都《なかみやこ》に流れ行きて、大王の買物使《かひものづか》ひになりて、金銀我がままにつかまつる」と[14]金銭《きんせん》二貫くれける。「さて此処元《ここもと》より、米もやすし、鳥・肴《さかな》は手どらへにする、女房はより取《ど》り、[15]旅芝居の若衆《わかしゆう》もくる、はやり歌の、[16]やろか信濃の雪国をうたひあかして、さむいとも、[17]ひだるいともしらず、正月も盆も、こことすこしも違うた事なし。[18]十四日から灯籠《とうろ》も出して、ここと替はった事は、借銭《しやくせん》乞《こ》ひといふ者をしらぬ」と申す。「この七月は、我《われ》はじめての盆なれば、ひとしほ馳走《ちそう》のために、国《こく》

習がある。

9 美しく飾られた椅子、天子・貴人などが座るもの。

10 とりわけ立派なこと。

11 ゆったりと、ゆっくりと。

12 ここでは、馬方たちを差配する親方。

13 竜宮。海中のみではなく、湖や河川にあるとされていた異郷を竜宮といい、山中などにある場合は隠れ里といった。

14 金で作った銭を二千枚。

15 芝居で未成年の男子の役をする役者。売色をする者もいた。

16 当時流行した「さんがらが節」の一節。「荒い風にも当てまいさまを、やろか信濃の雪国へ、さあささんがらが」(『松の落葉』四)。

17 空腹であるさま。

18 七月十四日は盆の前夜で、門口に灯籠を出す。

(『頭書増補訓蒙図彙』巻七)

中《ちゆう》の色よき娘、十四より二十五まで、いまだ男を持たぬをすぐりて、大踊《おほをどり》のこしらへ、それはそれはまたあるまじき事なり。その用意の、買物にまゐつた」と申す。めしつれし者ども、何とやら磯《いそ》くさく、かしら魚《うを》の尾なるもあり、[19]螺《ばい》のやうなるもあり。万《よろづ》の買物をもたせ出行《いでゆ》く時、「あの国の女の、[20]いたづらを皆々見せましたい事ぢや」といふ。「それはなる事か」といへば、「それがしのままなり。十日ばかりの隙入《ひまい》りにして御越《こ》しあれ。銀銭《しろがねぜに》を舟に一ぱい積みてまゐらせん」と申せば、「我《われ》はつねづねのよしみ」、「人よりは[21]念比《ねんごろ》した」と、行く事をあらそひける。親方をはじめ、その中にて、

19 巻貝の一種。田螺に似ているが、それより大きく、海で採れる。（挿絵参照）。
20 好色、淫奔であること。
21 親しい付き合いをした。

七人伴ひける。取り残されし人、これをなげきしに、耳にも聞きいれず。

くだんの玉船《ぎよくせん》にのりざまに、一人分別《ふんべつ》して、「命に替へる程《ほど》の用のあり」とてゆかず。「[22]さらばさらば頓《やが》て」といふ間もなく、舟は浪間《なみま》に沈み、それより十年《ととせ》あまりも過ぎゆけど、たよりもなく、踊りを見にと、[23]歌にばかり歌《うた》うて果てぬ。

この六人の後家《ごけ》のなげき、又一人ゆかぬ人は、今に命のながく、[24]目安書《めやすがき》して世を渡りけるとなり。

22 さようなら、やがて帰ってきましょう。

23 諺。そのことばかり言い続ける。または、噂ばかりで実現しないこと。

24 訴状や公用文を代筆する仕事。

鑑賞の手引き

異郷訪問譚のダークサイド

諏訪湖には年に二度氷の橋が架かる。一度目は湖上を往来できるという合図で、二度目は終焉の合図である。馬方の勘内は、二度目の後にも拘わらず湖上を進んだため、割れた氷の下に沈み行方知れずとなった。その年の七夕、勘内が再び現れる。竜の中都に流れ着き、大王の買い物使いとなって戻ってきた旨と竜宮での豊かな生活を語り、同道するものを募る。先を争って名乗り出た者を七人伴い、舟がまさに行こうとする時、ただ一人辞退する者が出た。残りの者は、すぐに帰ってくると告げて行ったが、二度と帰ってくることはなかった。辞退した者は、目安書を職業として生き長らえている。

この話は巻二の五「夢路の風車」と同様に、異郷訪問譚という話型で書かれている。どちらも、ある人物が非日常の世界を訪れる内容だが、その語り口と内容は少々異っている。

「夢路の風車」は体験者の視点に没入し、読み手もともに「隠里」を体験しているような臨場感たっぷりの文章だが、「行末の宝舟」では再び舞い戻ってきた勘内の体験談によって構成された間接的な「竜の中都」が再現されるだけで、登場人物から距離を置いた視点で描かれた文章となっている。この二つの文体が対照的であるように、前者は異郷でヒーローとなった奉行の凱旋を扱う輝かしいものだが、後者は竜宮に旅立った者たちが二度と戻ることはなかったという結末で、異郷訪問譚の内包する闇の部分を扱っていると思われる。

つまり前者が〈光〉ならば後者は〈影〉であり、これらはまさに表裏一体の関係にあるといえるだろう。

それではこの闇とは何だろうか。異郷に住み続けることには、どのような意味があるのだろうか。「行末の宝舟」の典拠の一つとして『剪燈新話』巻四の三「修文舎人伝」（早川光三郎「西鶴文学と中国説話」『滋賀大学学芸学部紀要』3・昭和29・1）が挙げられている。これは生前不遇だった人物が死後の世界から戻り、そこで出世できることを誘い文句に、友人をその世界に誘うという内容である。これが着想のヒントであるとすれば、異郷に住み続けるためには、命の犠牲が必要なのかもしれない。「夢路の風車」にも、隠れ里にとどまっていると寿命が縮まると言われる場面がある。この闇の部分を浮き彫りにするのが、勘内の誘いに乗らなかった一人にほかならない。

奉行は名誉を、勘内と旅立った人たちは金と女性を求めていた。ここに登場する異郷には体験者の欲求を満たすものがあり、重要な役割を占めている。そもそも異郷とは人間が作り出した幻想で、たとえ危険が潜んでいるとしても、現実から逃れたいという閉塞感が作り出しているのかもしれない。この心理が冒頭の一文に警句（アフォリズム）としてうまく表現されている点も、この話の面白さの一つといえるだろう。

（藤川雅恵）

巻三の六

八畳敷《はちでふじき》の蓮《はす》の葉《は》

名僧《めいそう》 吉野《よしの》の奥山《おくやま》にありし事

五月雨《さみだれ》のふりつづき、[1]吉野川《よしのがは》も[2]渡り絶えて、[3]常さへ山家《やまが》は物の淋《さび》しやと、むかし西行《さいぎやう》の住みたまひし、[4]苔清水《こけしみづ》の跡をむすび、殊勝なる道心者《だうしんじや》のましますが、所の人ここに集まりて、煎《せん》じ茶《ちや》に日を暮らしぬるに、雨しきりに、俄《にはか》に山も見えぬ折ふし、板縁《いたえん》の片隅《かたすみ》に、古き[5]茶碓《ちやうす》のありしが、その[6]しん木《ぎ》の穴より、[7]長《たけ》七寸ばかりの、細蛇《ほそくちなは》の一筋出《ひとすぢいで》て、間もなく[8]花柚《はなゆ》の枝に飛び移りて、のぼると見えしが、雲にかくれて、行方《ゆきがた》しらず。麓《ふもと》の里より、人大勢かけ付けて、「只今《ただいま》この庭から、[9]十丈あまりの竜《たつ》が天上した」と申す。この声におどろき、外に出て見るに、門前に[10]大木《たいぼく》の榎《え》の木のありしが、[11]一《いち》の枝《えだ》引き裂け、その下掘れて、池のごとくなりぬ。

「さてもさても大きなる事や」と、人々のさわぐを、法師う

1 奈良県吉野郡の大台ケ原を源として西に流れる。下流は紀ノ川。
2 川の水かさが増し、吉野に通じる六田（むつだ）の渡し場も船の往来が絶えて。
3 「とふ人も思ひたへたる山里のさひしさなくはすみうからまし」などの西行の和歌を踏まえた表現。
4 西行法師が庵を結んだと伝える吉野の旧跡。西行の歌とされる「とくとくと落つる岩間の苔清水くみほすほどもなきすまひかな」による命名。
5 葉茶を挽いて抹茶にする受け皿付きの小型石臼。6 茶碓の心棒。

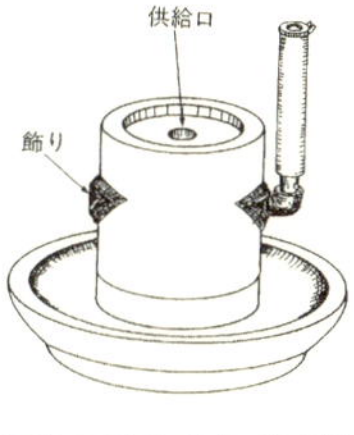

『粉の分化史』（三輪茂雄、新潮選書より）

7 二十一センチくらいの小蛇。
8 低木で身は小さく、主に花やつぼみの香を賞翫した柚子の一種。
9 三十メートルあまりの竜。

ち笑つて、「おのおの広き世界を見ぬゆゑなり。我[12]筑前《ちくぜん》にありし時、差荷《さしにな》ひの大《おお》蕪菜《かむな》あり。又[13]雲州《うんしう》の松江川《まつえがは》に、横幅[14]一尺二寸づつの鮒《ふな》あり。[15]近江《あふみ》の長柄山《ながらやま》より、[16]九間《くけん》ある山の芋、掘り出せし事もあり。[17]竹《たけ》が島《しま》の竹は、そのまま手桶《てをけ》に切りぬ。熊野《くまの》に油壺《あぶらつぼ》を引く蟻《あり》あり。[18]松前《まつまへ》に一里半続きたる昆布あり。[19]対馬《つしま》の島山《しまやま》に、髭《ひげ》[20]一丈のばしたる老人あり。遠《ゑん》国《ごく》を見ねば合点《がつてん》のゆかぬ物ぞかし。

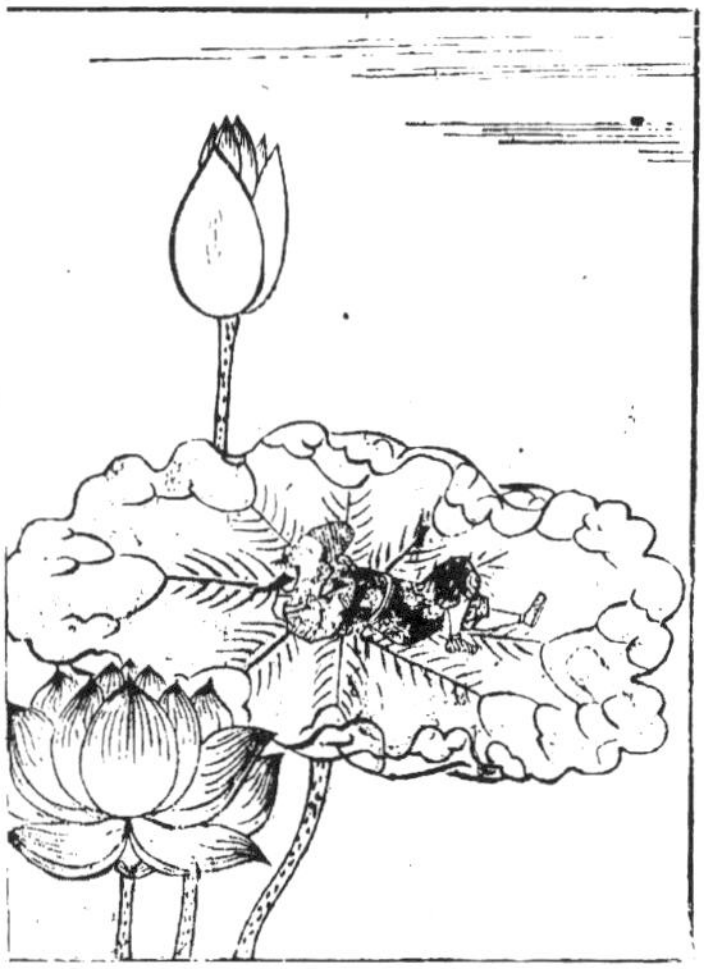

むかし嵯峨《さが》の[21]策彦和尚《さくげんわうしやう》の、入唐《につたう》あそばして後《のち》、信長公《のぶながこう》の御《ご》前《ぜん》にての物語に、[22]『霊鷲山《りやうじゆせん》の、御池《みいけ》の蓮葉《はちすば》は、およそ一枚が二間《けん》四方《はう》ほど開きて、この薫《かを》る風、心よく、この葉の上に昼寝し

10 「大木の榎木」が裂けて「池のような穴となった」まで、『徒然草』四十五段「榎木の僧正」の話を踏まえた表現。
11 最初に枝分かれした部分が引き裂け。
12 現在の福岡県北西部。
13 島根県松江市の大橋川をさすか。
14 約三十六センチ。
15 滋賀県大津市の長等山。
16 十六メートルあまり。
17 鹿児島県三島村の竹島。
18 北海道渡島《おしま》半島西南端の松前には、六キロメートル近い長さの昆布がある。
19 長崎県対馬市の島山。
20 約三メートル。
21 策彦周良（一五〇一―七九）。生涯に二度明に渡った。京都嵯峨の天竜寺妙智院住職で、入京した信長が帰依した。
22 インドの釈迦説法の地。

て涼む人ある』と、語りたまへば、信長、笑はせ給へば、和尚《わうしやう》御次《おつぎ》の間《ま》に立ちたまひ、泪《なみだ》を流し、衣《ころも》の袖《そで》をしぼりたまふを見て、『只今《ただいま》、殿の御笑ひあそばしけるを、口惜しくおぼしめされけるか』と、尋ね給へば、和尚ののたまひしは、『信長公天[23]下を御しりあそばす程《ほど》の御心入れには、ちひさき事の思はれ、泪《なみだ》を洒《こぼ》す』と、のたまひけるとぞ」。

23 全国をご統治なされる。

「竜の天上」から「策彦の涙」へ——謎掛けと咄《はなし》の原点

「竜の天上」など現代人ならば架空話として一笑に付すであろう。だが、当時は書画に描かれ説教の場で語られ、「竜が潜む石」（竜石）までも珍重されていた。駆け付けた吉野の人々に、事態を疑う余地はなかった。

庵主の法師は「大きな穴」に驚き騒ぐ山家の人々を笑い、「広い世の中を見ればいくらでも大きなものがある」と、自身が諸国を見巡って実見した大きな蕪や鮒、山芋のことなどを一つ一つ語り始める（驚くべきことに、皆何らかの裏付けがある）。先の竜のことは忘れ去られ、五月雨に降りこめられた茶飲み話は拡張されて法談へと化していく。人々は好奇心と新鮮な驚きをもって聞き入り、居ながらにして薩摩から松前まで諸国を見巡った気分になる。隔離された場所、外界を知らない聴衆、諸国行脚に裏付けられた異聞珍談、手馴れの話者、世界は広い（大きいもの尽くし）というテーマ性——ここにはまさしく話の原点がある。

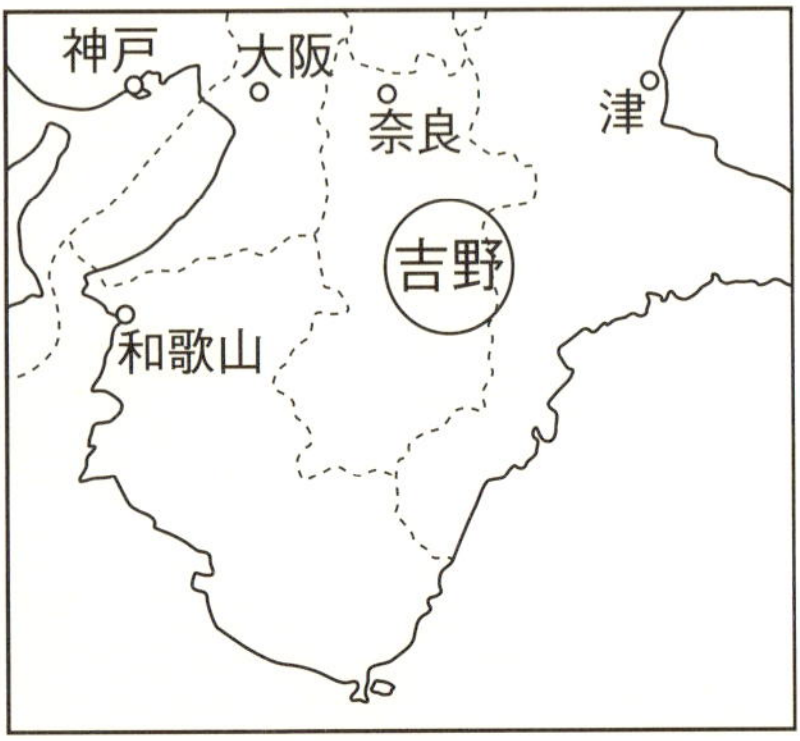

法師の話は、信長と策彦の逸話に行き着く。「霊鷲山の蓮葉は八畳もあり、昼寝して涼む人がいる」という

話に信長が笑い策彦は涙した。ここで読者は戸惑わざるを得ない。この法談に二人が唐突に登場し、「笑い」と「袖を絞るほどの涙」に行き着くのはなぜか。「小さい」のはどちらなのか、それとも話の中味なのか説明はない。西鶴の謎掛けである。

そもそも前後二つのエピソードは、何らかの必然によって選ばれた筈である。「吉野」と「策彦」とを繋ぐ文脈は何か。同時代の読者ならば、「後醍醐帝」が両者の背景に共通項として存在する、と気付いたであろう（吉野の地図参照、策彦のいた天竜寺は帝ゆかりの禅寺）。更に補助線として「禅宗」を置けば、「竜・石・茶・法話、公案問答・微笑」などの話材が緊密に繋がって見えてくる。禅問答に置き換えれば、信長と策彦のやりとりに理屈や説明は不要、各々の心に委ねられることになろう。この創作話は、読む側にも禅問答を仕掛け、「瞬間悟入（瞬時の会得）」を要求しているようである。

（宮澤照恵）

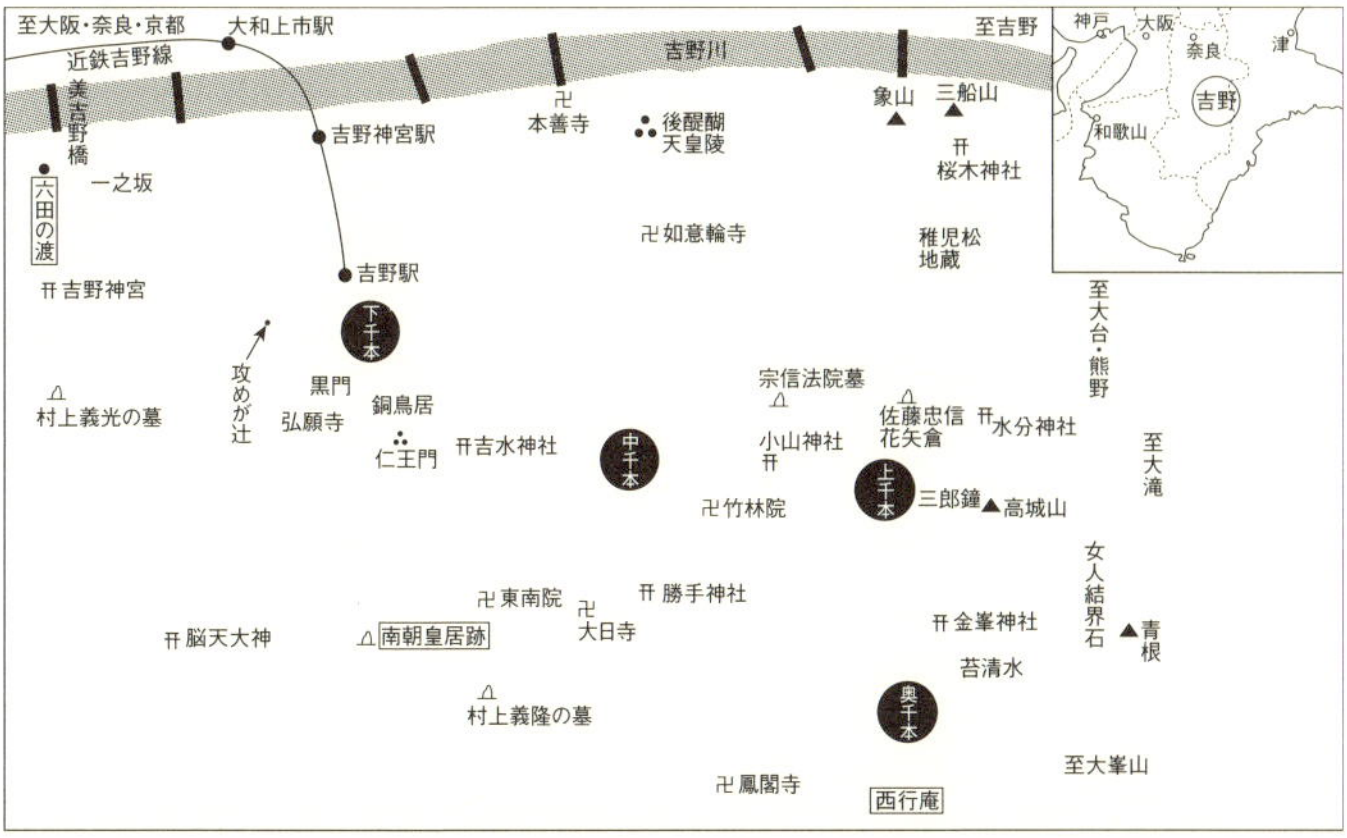

巻三の七

因果《いんぐわ》の抜け穴　敵討《かたきうち》

但馬《たじま》の国片里《かたざと》にありし事

[1]鑓持《やりもち》・[2]乗馬《のりむま》をひきつれて、家中《かちゆう》にまたなき[3]使者男《ししやをとこ》、大河判《おほかははん》右衛門《ゑもん》が[4]風俗、世にみならへといはれしに、[5]武士の身程定めがたき物はなし。

きのふ古里《ふるさと》、[6]豊後《ぶんご》の国より、文遣《ふみつか》はしけるを、女筆《によひつ》[7]こころもとなく、明けて見るに、兄嫁《あによめ》が書き越しける。「判兵衛《はんべゑ》殿事、この十七日の夜《よ》、妙福寺《めうふくじ》の[8]碁会《ごくわい》に、少しの[9]助言《じよごん》より、[10]いひあがりて、寺田弥平次《てらだやへいじ》打つて、はや所を立退き申し候。子もなき人の御事なれば、[11]おのおのさまならで、誰か外《ほか》には、たよりもなし。女の身の是非もなき仕合《しあは》せ」と、哀れに申し遣《つか》はしける。

思案に及ばず、俄《にはか》に[12]御暇申《いとま》し請け、一子の判八《はんぱち》ばかり連れて、[13]武州《むしう》を立ち出《い》づる。「この弥平次は、殿より御取立ての者なれば、深く隠して中々手には、まはるまじ。つねづね伝へ聞きしは、

1 鑓を持って主人に従う奴（やっこ）。
2 乗り替え馬を持つのは五百石以上の上級武士。
3 大名の家臣で使者役の侍。器量よく才知ある者が任命される。
4 容姿と態度。判右衛門は武士の鑑とされていることに注意。
5 武士の身分ほど明日をも知れぬ、不確かなものはない。 6 現在の大分県。
7 女の筆跡なので、その夫の身に何かあったのではないかと不安に思い。
8 囲碁の会。 9 忠告。 10 言い張って。
11 あなた様方（判右衛門と子の判八）の外には。
12 敵討ちのために主人に暇を願い出て。仇討ちは子（あるいは弟）がするのが通例。甥がするのは異例。弟が兄の敵討ちをした実事件（天和二年〈一六八二〉但馬国村岡における近藤源太兵衛の仇討ち）を踏まえるか（『古今武士鑑』元禄九年〈一六九六〉刊）。
13 武蔵国、江戸のこと。

[14]但馬《たじま》の国に、里人《さとびと》に親類ありとや。定めてこれへ、のくべし。我々もこの所へ行きて、心掛くべし」と、急ぎ但馬に下りて、忍び忍びにたづねけるに、案のごとく、百姓の門作りに、二重《ふたへ》垣《がき》をして、牢人《らうにん》あまたかくまへ、用心の犬まで何疋《なんびき》か、夜は油断なく、拍子木《ひやうしぎ》を鳴らし、間もなう目を覚まさしける。

　ある夜《よ》雨風はげしく、しかも闇《やみ》なれば、[15]焼食《やきめし》こしらへ、先《ま》づ犬どもに近寄り、横手《よこて》の塀《へい》を切り抜き、また内なる壁に道つけて、[16]広庭にしのび入りしが、弥平次聞き付け、「何者か」といふ。親子ともに板の切《きれ》をくはへ、魚《うを》の骨のごとくにもてなし、犬のまねいたせしに、これを聞きて、

14 兵庫県北部。
15 焼いた握り飯。
16 広い土間。

「犬には頭が高い。皆起きあへ」と呼ばはる程に、兼ねての若者ども[17]おめき渡れど、まだ気遣《きづか》ひをして、弥平次は出《いで》ず。[18]けはしくなれば、「先《ま》づ、この度《たび》はのけ」と、出《いで》さまに[19]鍋釜《なべかま》を提《さ》げて、おもてに捨て置き、はじめの抜け道に出《いづ》るに、老人の不自由さは、くぐり時隙《どきひま》入《い》る処《ところ》を、跡より大勢《おほぜい》両足に取り付き、すこしも身の動きならず。判八立ち帰りて、[20]親の首を切り、その首提《さ》げて、逃げのびけるに、跡にて詮議《せんぎ》さまざま、鍋釜《なべかま》の様子を見て、盗人《ぬすびと》にはうたがひなしと、その通りにすましける。

その後《のち》判八は、我が手に掛けし親の首を持ちて、[21]入佐山《いるさやま》の奥ふかく、秋萩《あきはぎ》の下葉《したば》を分けて、「世にはかかる憂《う》き目《め》もある事かな。敵《かたき》は打たで、いかなる因果ぞかし。江戸にまします母の聞きたまはば、我を腑甲斐《ふがい》なく、御なげきも深かるべし。されども[22]一念かけし弥平次を打たでは置くまじ。御心安かれ」と、御首に物を語りて、さて、木の根をかへし、埋《うづ》み所《どころ》の穴を掘りしに、下よりしやれかうべ一つ出《いで》ける。「これもいかなる人の、

鍋売（『七十一番職人歌合』）

17 大声であたりにしらせたが。
18 危険がせまってきたので。
19 盗人が入ったように、鍋釜でごまかして。
20 子が親の首を斬る話は『源平盛衰記』巻二十「楚効荊保」によるか。荊保は父と盗みに入るが、逃亡時に父が垣の中をくぐる際に足を捕らえられる。荊保は「父が恥みん事を悲しみて」父の首を斬って帰宅した。
21 但馬国の歌枕。
22 一心をかけた。

昔ぞ」と、しらぬ哀れならべて、うづめ、露草《つゆくさ》を折りて、水を手向《たむ》け、その日もまだ暮《くれ》に遠ければ、人の目をしのび、夜《よ》に入り里に帰らん。塚《つか》を枕《まくら》に、しばしまどろむうちに、かのしやれかうべ、告げて語るは、「我は[23]判右衛門《はんゑもん》が[24]あさましき形なり。我《わ》がためとて、かたきを打ちに来て、汝《なんぢ》が手にかかる事は、[25]これ定まる道理あり。前世にて、弥平次が一門、ゆゑなき事に八人まで失ひければ、天この科《とが》をゆるしたまはぬを、今この身になりて覚ゆる。その方《はう》とても、これをのがれがたし。[26]武勇の本意をやめて、[27]墨染《すみぞめ》の身となりて、先立《さきだ》ちし二人が跡をよくよく弔《ともら》ふべし。この言葉の証拠には、我が形あるまじ。二度《ふたたび》掘つて見るべし」と、告げて失せける。

かの塚を掘るに、初めのしやれかうべなき事、不思議ながら、よもや打たで置くべきかと、心を尽くせし甲斐《かひ》なく、判八も又、[28]返打《かへりうち》ちにあひぬ。

23 判兵衛の誤り。
24 死んだ姿。
25 これは前世から定まった理由がある。
26 武士として持つべき本来の心。敵を討つ心。
27 墨染めの衣を着る身。出家すること。
28 敵討ちをしようとして逆に討たれること。

鑑賞の手引き

さかさまの惨劇

本話は敵討ちの失敗譚である。ある親子が敵討ちの旅に出るが、敵を討つことができずに、「子」が「親」の首を落とす。続いて「子」が再度敵討ちを試みるものの、返り討ちにあって死んでしまうという無惨な話である。

あらすじからも分かるように、皮肉で辛辣な視線で敵討ちを描いた章である。人物の行動も、ストーリーの展開と同じようにグロテスクな誇張がなされている。

父と子（大河判右衛門と判八）は敵に悟られないように敵の家の前の闇のなかで犬のまねをして、難を逃れる。そのこと自体がすでに滑稽だが、見つかってしまって退散する際に、判右衛門は敵方に足を捕まれてしまい、壁の穴から脱出できなくなる。両足を拘束されて、もがく父親の様子は、武士としてなんともぶざまである。

『武道伝来記』

息子の判八は父がもはや逃れられないと覚悟して、その首を斬り落とすという挙に出る。これは「命」よりも「名」を重んじた武士としての行動なのであろう。しかし、この父子は「敵」の首を取りに江戸から但馬まで、遠路出掛けてきたのであるから、「敵」の首ではなく「親」の首を持ち帰る判八の行為は、あべこべの皮肉な結末となってしまっている。「笑う惨劇」ともいうべき奇妙な光景に読者は立ち会うことになる。

敵討ちの発端も碁会でのつまらないケンカにすぎず、伯父はその争いで八人も人を殺していた。当時敵討ちは大いに賞賛されたが、実際にはこのような瑣末なことから復讐戦にまで発展したことがここでは暴露されている。

西鶴は武士の敵討ちに伴う行動を「悪因悪果」という枠組みを利用しつつ、冷笑的な態度で描いている。こういった武士に対する批判的なからかいの姿勢は、後続の『武道伝来記』（貞享四年四月刊）に受け継がれている。

（広嶋　進）

巻四の一　形は昼のまね

大坂の芝居にありし事

執心《しうしん》

[1]浄瑠璃《じやうるり》の太夫《たいふ》に、[2]井上播摩《ゐのうへはりま》とて、さまざまの節《ふし》を語り出して、諸人《しよにん》に口真似《くちまね》させける。ある時の正月芝居に、[3]一の谷のさかおとしの合戦を、五段につくり、人形もひとつひとつ、細工人《さいくにん》こころをつくしてこしらへ、役者も[4]めいめいの魂《たましひ》入りて、源平《げんぺい》西《にし》東《ひがし》にたて別れ、大軍《おほいくさ》の所を遣《つか》ひけるほどに、[5]大坂中《おほざかぢゆう》うつして、これ見物事《けんぶつごと》とて、ひさしくはやりける。

その頃は二月の末の事なるに、明暮《あけくれ》

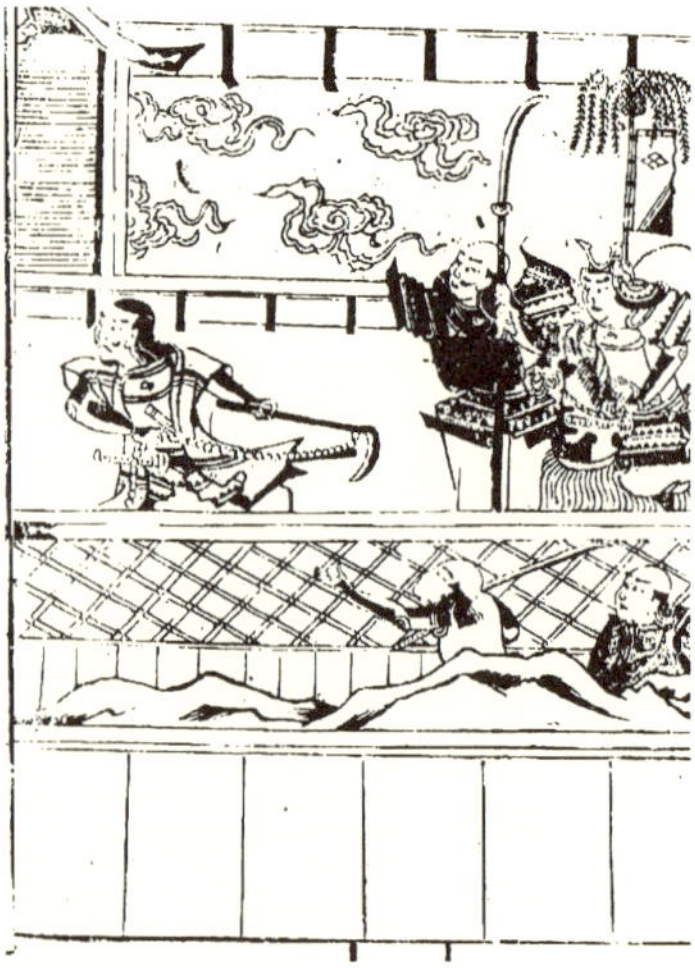

1 浄瑠璃における、詞章の語り手。
2 井上播磨少掾（一六三二―八五）。京都の人。播磨節の流祖で、大阪道頓堀で興行した。のちの竹本・豊竹座にも大きな影響を与えた。
3 源義経の、一の谷の逆落としの合戦を、五段の浄瑠璃に仕立てて。
4 それぞれの心を人形芝居に込めて。
5 大阪中の人々の評判になって。

春雨《はるさめ》のふりつづき、[6]万《よろづ》の浜芝居《はましばゐ》までやみて、物のさびしき夜半《よは》に、[7]千日寺《せんにちでら》の鉦《かね》の声、蛙《かはづ》の鳴くより外《ほか》は、きく事もなく、楽屋番《がくやばん》の小兵衛・左右衛門、木枕《きまくら》をならべ、ともし火かすかにして、[8]はなし寝入りに、前後もしらぬ時、人の足音に目覚《さ》まし、二人ともに夜着《よぎ》の下より、あたまをあげて見るに、遣《つか》ひ捨てたる人形ども、物こそいはね、そのまま人間のごとく立ち合ひ、しばしたたきあひ、くひつき、血煙《ちけぶり》たつておそろし。その後《のち》に西の方《かた》より、[9]越中《ゑつちゆう》の二郎兵衛と名付けし出来坊《でくるばう》ゆたかに出《いづ》れば、東から、[10]佐藤次信《さとうつぎのぶ》出《いで》て、これは半時《はんじ》ばかりもきりむすびしが、つかれてあひ引きにして、次信《つぎのぶ》は[11]腰を

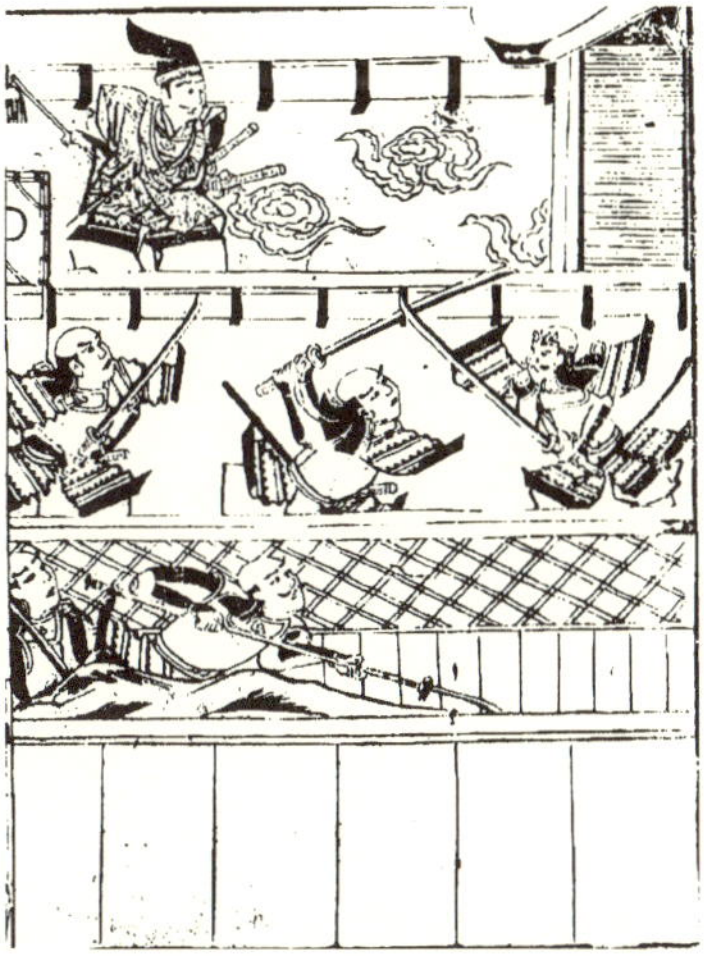

6　道頓堀の芝居小屋だけでなく、浜側の中芝居まで、すべて行われなくなって。
7　道頓堀近くにある、法善寺のこと。寛永十四（一六三七）年建立。
8　話をしながら寝入ってしまい、前後も知らずに熟睡していたとき。
9　平氏の侍大将、平盛嗣。一の谷の合戦では、源氏方に破れ、退却している。
10　奥州藤原氏の佐藤三郎兵衛継信。弟・忠信とともに義経の家臣となった。
11　腰を、拳で後ろ手にとんとんとたたいて。
12　天目茶碗のこと。すり鉢状に、口が大きくひらいた茶碗。

うつて休む。二郎兵衛はそろそろ庭におりて、[12]天目《てんもく》・柄杓《ひしやく》を取つて、息つぎの水呑《の》むありさま、舌の音して、人にすこしも替はる事なし。その跡は[13]敦盛《あつもり》の若衆人形《わかしゆにんぎやう》にとりつき、または、[14]おやま人形に[15]しなだれ、色々の事ども、宵《よひ》のこはさやみて、をかしくなりぬ。夜《よ》もすがら二郎兵衛の人形かけまはりけるが、明方《あけがた》に[16]鳴りをやめける。

楽屋番《がくやばん》の二人おどろき、太夫本《たいふもと》にてこれを語る。皆々[17]横手《よこで》うつ中に、四蔵《よざう》といふ古き[18]道外《だうけ》のありしが、すこしも騒がず、[19]「むかしより、同じ人形共《ども》、くひあふ事はためし多し。いかにしても、水を呑《の》みし事不思議《ふしぎ》なり」と、明《あけ》の日《ひ》、[20]木戸番・札売《ふだうり》ども、大勢《おほぜい》掛けて狩つて見るに、年へし狸《たぬき》ども、ゆかの下より飛び出《いで》て、[21]今宮《いまみや》の松原へ失せにける。[22]おそろしきとも中々《なかなか》。

13 平敦盛。清盛の弟・経盛の子。一の谷の合戦で討死した。

14 若い女性の人形。

15 しなだれかかり。

16 騒ぎはおさまった。

17 不思議さに手を打って驚く中に。

18 「道化」とも。道化人形の遣い手。また、浄瑠璃の段物の合間に狂言を演じる役者のこと。

19 昔から、人形同士が勝手に戦いだしたりすることはことはよくあることなのだ。

20 芝居小屋の入り口にいて、客の呼び込みをする者を木戸番、入場札を売る者を札売りという。

21 道頓堀の南にある、今宮恵比須神社の松林。

22 古浄瑠璃に見られる「恐ろしきともなかなか申すばかりはなかりけり」によった一節。

鑑賞の手引き

人形芝居に「執心」したのは誰？

本話は、大阪道頓堀を舞台にした、いわゆる怪異譚である。浄瑠璃太夫・井上播磨少掾が興行して高い評判となった正月芝居という現実的な話題から、異世界へと誘うかのような雨が降り続く、ものさびしい二月の夜半に目撃された不思議な人形たちの芝居へと、読者は次第に幻想的な怪異の世界へと引きずり込まれてゆく。

しかし、その中で見出された「人形が水を飲む」という不審な行動により、急転直下、夜半の不思議な人形芝居は、実は狸の仕業であることが明らかにされる。最後の落ちによって、読者は、副題にある「執心」とは、狸の芝居好きに対するものだということをはじめて理解するのである。この、狸の芝居好きという巷説と、人形そのものに「人物の魂が宿る」という説話とをない交ぜにする、という趣向は、本話の内容に一段の奥行きを与えている。また、狸が人をだます、あ

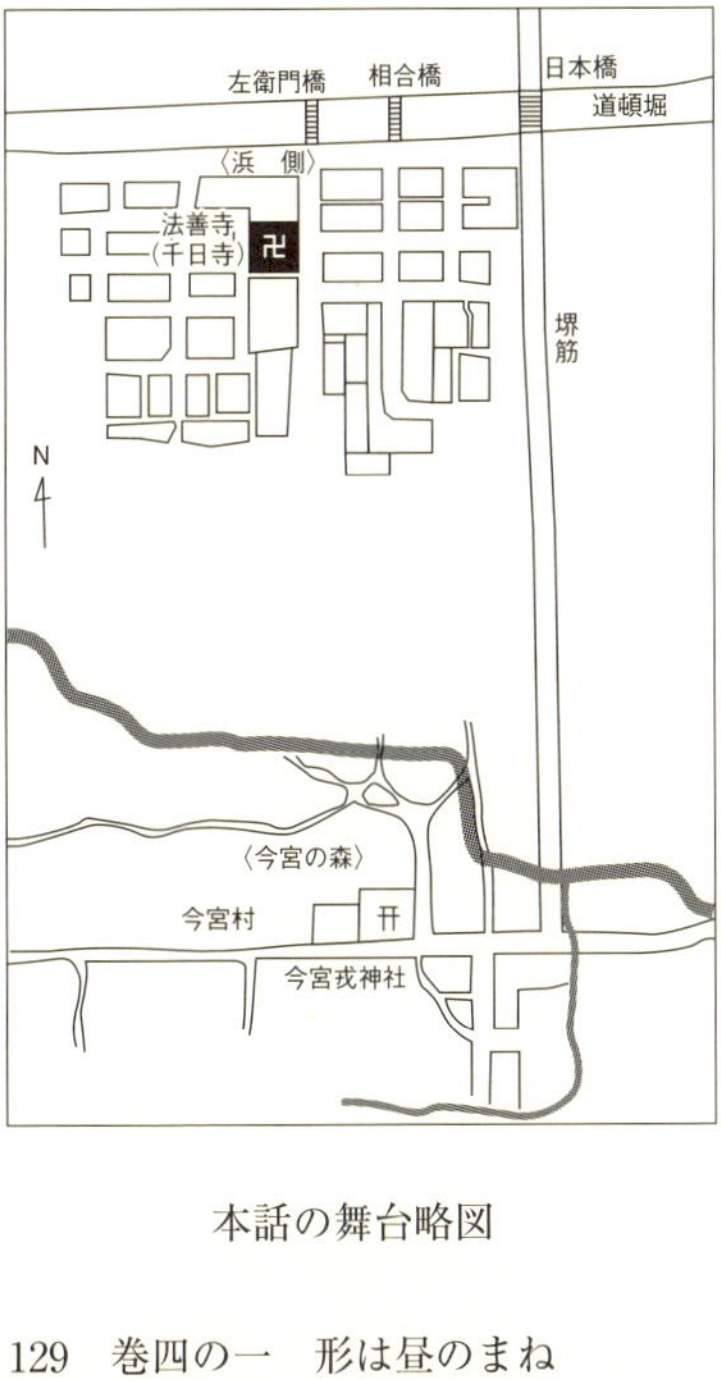

本話の舞台略図

るいは人を驚かすという話は、西鶴作品にもしばしば登場する（『男色大鑑』巻二の二など）が、本話では、狸は人間には関心を向けず、芝居に執心して夜中に立ち回りを演じるだけである。この点で人を騙す狐が登場する巻一の七「狐四天王」とは好対照を成しているといえよう。

　そして、夜半の人形芝居の話を聞いて一座が驚く中、四蔵という年老いた道化が登場する。「老成した人物が豊富な知識によってその場の混乱をおさめる」という珍しくはない展開となるが、「人形が水を飲む」という不審の指摘により、昨夜の怪異は狸の仕業、という笑いが生み出されることとなる。よくあるモチーフを複数用いながらも、それぞれに定番とは一風異なる趣向を加えて、恐ろしさの中にも徐々に興趣を喚起させている。この、楽屋番の二人の経験を追体験させられるかのような展開を味わいつつ、読みたい一話である。

（速水香織）

『難波芦分船』（延宝三年刊）巻三「道頓堀」の図

巻四の二　忍び扇の長歌《ながうた》　　恋

江戸[1]土器町《かはらけまち》にありし事

[2]屋かた住《ずま》ひ、気づまりも、[3]上野《うへの》の花にわすれて、諸人《しよにん》の心玉《こころだま》うきたつ、春のありさま、[4]衣装幕《いしやうまく》のうちには、小歌《こうた》まじりの女中姿、ほんの桜よりは、詠《なが》めぞかし。

日も暮《くれ》に近き折ふし、大名の奥様めきて、先に長刀《なぎなた》・[5]二つ挟《はさみ》箱《ばこ》もたせて、[6]高蒔絵《たかまきゑ》の乗物つづきて、跡より二十《はたち》あまりの面影、窓のすだれのひまより見えけるに、そのうつくしさ、[7]和国美人《わこくびじん》揃《ぞろへ》のうちにも見えず。うかうかと付いてまはりける、この男やうやう[8]中小姓《ちゆうごしやう》ぐらゐの風俗、女のすかぬ男なり。おもふにおよばぬ御方《かた》を恋ひ初《そ》め、跡より行く[9]中間《ちゆうげん》にたづねしに、「さる御大名の姪御《めひご》さま」と、あらまし様子を語りすて行く。

さてはとその所をしりて、[10]奥かたへの御奉公をかせぎしに、よき伝《つて》ありて相済み、二年《ふたとせ》ばかり勤めしうちに、あなたこなた

1 現在の東京都港区麻布台二丁目あたり。
2 武家屋敷。
3 東叡山寛永寺の境内。現在の東京都台東区の上野公園一帯で、桜の名所。
4 小袖などの衣装に綱を通し、幕のように張りめぐらせたもの。
5 対にした挟箱。挟箱は着替えの衣装などを入れる箱で、中央に棒を通し従者に担がせた。

ふたつ挟箱
（『男色大鑑』巻二の一）

6 金銀などで描いた模様が、漆地より高く盛り上がるようにしたもの。
7 日本の古今の美女を描いた絵本の類。
8 年少の小小姓と年長の大小姓の中間の役。主君の身辺警護やその他の諸役を勤める。

への御供申せし折ふし、思ひ入れし御乗物に目をつけけるに、縁は不思議なり。あなたにもいつともなう、おぼしめし入られ、すゑずゑの女に仰せ付けられ、長屋の窓より、黒骨《くろぼね》の扇を投げ入れける。若い者中間より見付けて、かの半女《はした》と心のあるやうに申すを、沙汰《さた》なしに酒など買うて、口をふさぎぬ。その夜《よ》御扇ひらき見るに、筆のあゆみ、只人《ただびと》の[11]ぶんがらにもあらず。おぼしめす事ども、[12]長歌《ながうた》にあそばしける。よくよく読みて見るに、「我をおもはば、今宵《こよひ》のうちに、連れて立ちのくべし。男にさま替へて、[13]切戸《きりど》をしのび、命をかぎり」との御事、このかたじけなさ、身をくだきてもと思ひ定め、そ

9　足軽と小者の中間にあたる職で、武家に奉公して雑役をする。
10　大名屋敷のなかの婦人が居住する区域。
11　文柄。文章のかきよう。
12　長歌（ちょうか）。五音七音を繰り返し、終わりを七音七音で結ぶ長い和歌。
13　くぐり戸。門扉や塀などの一部を切り抜いて作った入り口。

の時を待つに、御しらせたがはず、[14]小者姿《こものすがた》にして、御出《おいで》あそばしけるを、御門をまぎれ出《いで》、はやその夜《よ》に、土器町《かはらけまち》といふ所に、よしみの者あり、これにしのび、すこしの[15]裏棚《うらだな》を借りて、人しれず住みけるに、何の心もなく出《いで》たまへば、世を渡るべき種もなければ、御守《まもり》わきざしを、少《わづ》かの質に置きて、月日をおくらるるうちに、またかなしく、男は夜々《よるよる》、切疵《きりきず》の[16]膏薬《かうやく》を売れどもはかどらず。後《のち》にはせんかたつきぬれば、手なれたまはぬ、すすぎせんだく、見る目もいたはしく、近所も不思議を立てける。屋敷よりは、毎日五十人づつ、御ゆくへをたづねしに、半年《はんとし》あまり過ぎて、さがし出し、大勢《おほぜい》とりかけ、かの男は縄《なは》をかけて、その夜《よ》に[17]成敗にあひける。

その後、姫《ひめ》は一間《ひとま》なるかたにおしこめ、自害あそばすやうに、しかけ置きても、中々《なかなか》その志《こころざし》もなく、時節うつれば、「いかに、女なればとておくれたり。最後をいそがせ」と、大殿《おほとの》より仰せければ、姫の御かたに参りて、「世の定まり事とて、御い

14 武家の奉公人で中間の下位に置かれ、草履取りなどの雑役をする者。

15 表通りから入り込んだ所に建てられた、小屋・長屋などの粗末な借家。

16 膏薬売りは編笠をかぶっていたので、人目を忍ぶのには好都合であった。

17 ここは死罪。武家において、士分の者と奥の女性が密通した場合、男は切腹、女は押し込め（監禁）に処せられるのが通例。

たはしくは候へども、不義あそばし候へば、御最後」と申しあぐれば、「我《われ》命惜しむにはあらねども、身の上に不義はなし。人間と生《しやう》を請けて、女の男只一人持つ事、これ作法なり。[18]あの者下々《したじた》をおもふはこれ縁の道なり。おのおの世の不義といふ事をしらずや。夫ある女の、外《ほか》に男を思ひ、または死に別れて、後夫《ごふ》を求むるこそ、不義とは申すべし。男なき女の、一生に一人の男を不義とは申されまじ。又下々を取りあげ、縁を組みし事は、むかしよりためしあり。我すこしも不義にはあらず。その男は殺すまじき物を」と、泪《なみだ》を流したまひ、この男の跡[19]とふためなりと、自《みづか》ら髪をおろしたまふとなり。

18 あのような身分の低い者を好きになったのは。

19 霊を弔うためだと。

鑑賞の手引き

身分違いの恋

中小姓ぐらいの身分の醜男と美しい大名の姪御様との、身分違いの恋を描いた話。当時、身分を越えた恋は「不義」とみなされ処罰の対象となった。ゆえに本話でも、屋敷からの捜索で捕まった男は成敗され、姫君は座敷牢に入れられる。しかし、その後姫君はこの処置に対して、「女が一生に一人の男を持つのは不義にはあたらない」と主張する。この姫君の主張をめぐっては、従来さまざまな見解が提示されてきた。封建的家族制度に対する批判、恋愛の自由や人間性の解放を謳ったもの、あるいは美醜の男女の不思議な結びつきにこそ本話の眼目がある、などである。

また、本話に類似の話としては『更級日記』「竹芝寺縁起」(巻末の参考資料参照)が指摘されている(宗政五十緒『西鶴の研究』昭和44)。衛士として宮廷に出仕した武蔵国竹芝の男が、皇女の求めに応じてこれを背負って故郷へ逃亡する。帝の使いが男の家を訪れるが皇女は帰洛を拒んだので、帝はやむなく武蔵国を男に領有させたという話である。このほか、天和元年、柏原藩織田長頼家の五女矢都《やつ》姫と奥家老浅津治左衛門との間に不義の噂がたち、浅津は上意討ちとなったという事件がモデルであるとの指摘もある(金井寅之助『西鶴考』平成1)。上記の話を典拠として利用した西鶴の目的、あるいはその改変の意図についての考究もあわせてなされており、本話を読み解くうえでの重要な視座を与えてくれている。

ところで、なぜ姫君の恋の相手が「女の好かぬ男」であるのかという点にも注目したい。姫君がこの男に思い入れた理由について、西鶴は「縁は不思議なり」と言うのみで多くを語らないが、身分や容姿の良し悪しで男を選ばない女性については、『好色一代男』巻五の一の吉野太夫など西鶴が多く描いたところである。またその逆に、男を外面でえり好みする女の一生を描いた『好色一代女』のような例もある。各話の内容を比較吟味しつつ、本話に込められた西鶴の真意についても考えたい。

（水谷隆之）

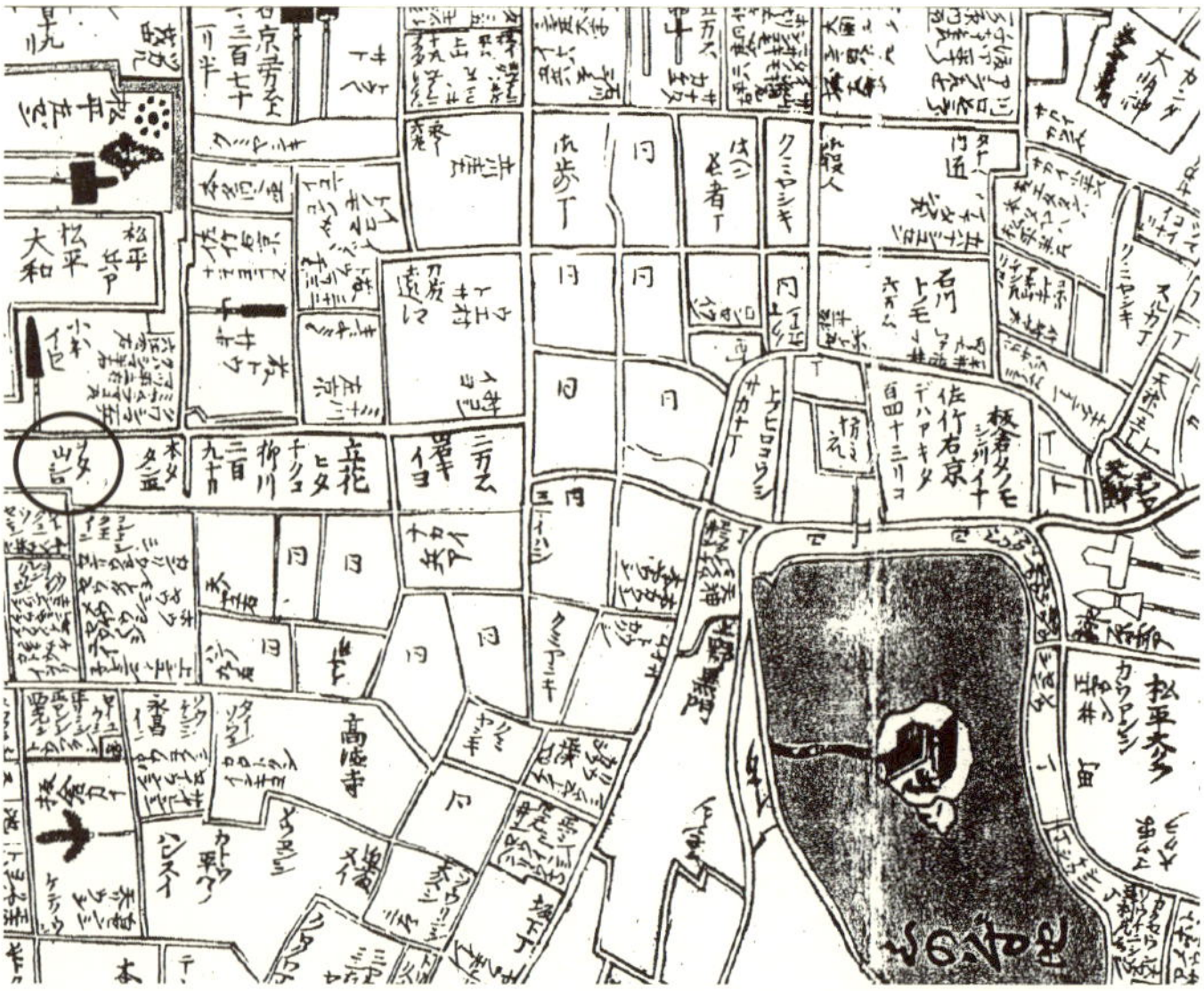

モデルとされる矢都姫の父・織田山城守（ヲタ山シロ）の江戸屋敷

※原本の目録では「命に替ゆる…」となっている。
1　和歌山県高野町。真言宗総本山金剛峰寺とそれに関係した建物があり、日本最大の霊場。2　不思議に。3　察知する。見透かすものである。4　高野山の小田原谷。金剛峰寺から奥の院へ行く途中にある。付近には町家があったという。5　杉の木地細工職人。
6　杉の薄い板を曲げて水指を作る。
7　この女人禁制の高野山では珍しいが。
8　鉋で材木を削る時に出る薄い木片の屑。

9　せっかく育った杉の木を切って。
10　むかむかと腹が立ち。
11　横槌。桶等のたがをはめるのに使う。
12　檜物細工用の刃物を研ぐための石。

巻四の三　命に替《か》はる鼻の先　天狗《てんぐ》

[1]高野山大門《かうやさんだいもん》にありし事

天狗《てんぐ》といふものは、[2]面妖《めいよ》、人の心におもふ事をそのままに、[3]合点《がつてん》する物ぞかし。

ある時に[4]高野《かうや》の小田原町《をだはらまち》に、[5]檜物細工《ひものざいく》をする者、杉の[6]水指《みづさし》まげる、折ふし十二三のうつくしき女の子、何国《いづく》ともなく来《きた》りぬ。[7]これもこの山にてはめづらしく、気を付けて見るに、職人の見《み》世《せ》のさきによりて、[8]鉋屑《かんなくづ》をなぶり、[9]「あたら杉《すぎ》の木をきりて」と、これを惜しみ、いろいろじやまをするを、しかれどもきかず。後《のち》は[10]心腹《こころばら》立ち、[11]横矢《よこや》といふ道具をとりなほして、だましすまして、ぶたんと思へば、はや知りて、「それでうたる間《ま》には、我も足があつて、にぐる」といふ。[12]砥石《といし》なげうちにともへば、「いやいやなげうちは、すかぬ事」と笑ふ。あきれはてて、分別するうちに、[13]割挟《わりばさみ》のせめといふ物、自然とはづれける。これは心[14]の外《ほか》なれば、鼻のさきにあたれば、おどろき姿を引き替へ、天狗となつて、山に飛び行き、数多《あまた》の[15]眷属《けんぞく》を集め、「さてもさても世の中に、檜物屋《ひものや》程、おそろしき物はなし。かさねて行く事なかれ。思へばにくし。今日《けふ》のうちに、この御山《おやま》を焼き払ひ、[16]細工人奴《さいくにんめ》をはだかになすべし」と、火の付け所を手わけして、既《すで》に[17]申《さる》の刻《こく》にきはめける。

折から[18]宝亀院《ほうきゐん》は昼寝をしてましますが、この声に夢覚《さ》め、当山やくべきとはかなしく、「我一山《われいちざん》の身にかはり、[19]魔道へ落ちて、あの[20]せいとうをすべし」と一念、[21]明障子《あかりしやうじ》二枚、両脇《りやうわき》には

13 曲げた薄板を挟んで押さえておく檜物細工の道具。
14 （檜物屋が）心に思ったことではなかったので。
15 従者。家来。
16 檜物細工の職人。
17 午後四時頃。
18 金剛峰寺金堂の南方にある寺院。ここではその院の住職をさす。
19 天狗の世界。
20 政道の上に立って禁じ戒めること。ここではこれをやめさせよう、の意。
21 襖障子に対して、明かり障子をさす。

さまれしが、そのまま羽となつて飛ばれける。弟子坊主《でしばうず》台所《だいどころ》に、[22]何か盛形《もりがた》をしてありしが、これも続きて飛びける。今にその時の形をあらはし、[23]大門《だいもん》の[24]杓子天狗《しやくしてんぐ》とて、見る事たびたびなり。

その後《のち》、不思議なる事は、その寺の[25]冠木門《かぶきもん》、数百人《すひやくにん》しても、うごくまじきを、ある夜《よ》屋根ばかりを、[26]海道《かいだう》におろし置きぬ。それより人絶えて、この寺天狗の住み所《どころ》となりて、ひさしく内を見た人もなし。

22 何やら食べ物を盛っていたが。盛形とは料理の飯や供物を、作法に従って山型や杉型などの形に盛りつけること。
23 高野山の西口の坂の上にある巨大な楼門。
24 杓子を持った弟子と共に昇天した僧の伝説（『高野山通念集』巻二「杓子が芝付松」）に基づいた西鶴の虚構か。
25 二本の門柱の上部に冠木を渡し、その上に屋根をかけた門。
26 登山道。高野街道。

鑑賞の手引き

宝亀院は高野山を救えたのか!?

高野山小田原町の桧物細工屋の店先に十二、三歳の少女がやってきて悪戯をしようとした。職人が追い払おうとすると、少女は先にそれを察知し、口汚く罵っていた。すると突如割挟みが弾けて少女の鼻の先に当たり、その拍子に天狗の姿を現して逃げていった。その後天狗は手下を集めて高野山を焼き払おうとしたが、宝亀院がこれを聞き、自ら天狗となってこの企みを止めようとした。

この話は、副題にもあるように天狗と高野山にまつわる様々な民話や伝承、俗伝といったものを、西鶴なりに巧みに再構成し、新たな作品として構築しなおした話の一つといってよい。例えば、天狗が人の心の中

『宗祇諸国物語巻二』「高野に登る王障の雲」の挿絵

をよむという話は、「さとりのわっぱ」「山姥問答」型の民話といわれ、各地方に多くの類話が残されている。また、宝亀院の住職が明障子を脇に挟んで飛んでいく場面は高野山南谷華王院の覚海伝承に基づき、杓子天狗という設定は『高野山通念集』巻二に描かれた明王院如法上人とその弟子の俗伝を基にしているといわれている。（中川光利「『西鶴諸国ばなし』と伝承の民俗―巻四の三の素材と方法を中心として」『西鶴とその周辺』平成3）

しかし西鶴はこうした様々な話の断片を単純につなぎ合わせて説話を作っているわけではなく、意図的に手を加えていることが分かる。特に見逃せないのは、宝亀院の行動部分である。高野山焼打ちという天狗たちの横暴を阻止すべく、我が身を投じて天狗となる点は、一見立派な行いに思われる。しかし寺のためとはいえ、なぜ自ら天狗に成り下がる必要があったのか。結局この寺は天狗に占拠され、挙句の果てには誰も人が寄り付かなくなったというのである。こうした結末は西鶴のオリジナルと思われるが、果たして宝亀院は天狗の暴挙を鎮めることができたといえるのだろうか。宝亀院の行動は自己犠牲の上の尊い行いだったのか、はたまた天狗など簡単に制圧できるぞという思い上がりによるものなのか。

ところで天狗には悪天狗と称する高慢で自惚れた堕落僧というイメージもあるが、西鶴は宝亀院をどのように描こうとしていたのだろう？一説に、本話の結びには高野山の行人と学侶との行学紛争に対する西鶴の批判が込められているという。（井上敏幸校注『新日本古典文学大系』）。高野山には天狗伝承がいくつか残っているので調べてみてはどうだろう。西鶴の謎を解く手掛りが見つかるかもしれない。

（松村美奈）

殺生《せつしやう》

巻四の四　驚くは三十七度《ど》

常陸《ひたち》の国鹿島《かしま》にありし事

物は仕入れ[1]によつて何事も。

近年関東《くわんとう》のかたに、友[2]呼び雁《がん》といふ物をこしらへ、広野《ひろの》にはなちがひして置きしに、空行く鳥をよびおろし、さまざまなつけて、後《のち》は殺生人《せつしやうにん》[3]の宿につれて来て、骨をも折らず、とらへさす事あり。諸鳥《しよてう》までも、かく奥筋《おくすぢ》[4]はす[5]すどし。

ここに常陸《ひたち》の国、鹿島[6]の片里《かたざと》に、目玉《めだま》の林内《りんない》といふ者、世をわたる業《わざ》もおほきに、冬[7]の夜《よ》のあらし

1　訓練によって何事もできるようになる。

2　囮（おとり）の雁のこと。『本朝食鑑』巻五には、上野・下野では広い所に鳥罠（とりわな）・黐（とりもち）を置き囮を放ち、囮はうまく誘って雁を罠にかけるとある。挿絵では網で捕獲している。

『和漢三才図会』巻四十四「囮《おとり》」

3　殺生を業とする人。ここでは猟師。

4　奥州筋。関東以北。

5　抜け目がない。

6　茨城県鹿嶋市。なお、同市にある鹿島神宮は東国第一の神社として知られる。

7　雁は、秋に北から来て春に帰る渡り鳥であるので。

をもいとはず、あたりの若者をかたらひ、明暮《あけくれ》鳥の命をとる事、かぎりもなし。

つれそふ女房は、やさしくも、「この事とまれ」と、異見する事たびたびなれどもやめず。

これをかなしく、独《ひと》りねられぬままに、世の無常を観ずる時、寝させ置きたる二人の子供、現《うつつ》[8]に声をあげて、びくびく身のうごく事三十七度[9]なり。次第おそろしくなつて、男を待ち兼ねるに、夜更《よふ》けて門《かど》をたたき、「やれ今宵《こよひ》は、仕合《しあは》せ[10]」といふ。

女泪《なみだ》を流し、「幾程《いくほど》[11]うき世にあるべきぞ。むくいの程《ほど》をしりたまへ。今夜の鳥の数、三十七羽《は》あるべし。中鳥《ちゆうとり》八羽《は》、大鳥《おほとり》

8 夢うつつに。

9 題名「驚くは三十七度」は、これによる。「三十七」は、仏教語の「三十七菩提分法（ぼだいぶんぽう）」などをふまえての数。

10 沢山とれて運がよかった。

11 いつまでも生きられるこの世ではありません。

三羽《ば》」と申す。籠《かご》をあけて見るに、[12]締鳥《しめどり》数違はねば、林内横手《よこで》をうつ。宵《よひ》より子どもがおどろくありさまを語れば、身ぶるひして、これより[13]万《よろづ》の道具を塚につき色々供養なし、今に鳥塚《とりづか》とて残れり。

12 網でとらえて締め殺した鳥。

13 狩猟用のすべての道具。

鑑賞の手引き

三十七羽の呪い

常陸鹿島の片里に日玉の林内《りんない》という鳥を獲るのを生業とする男がいた。妻が度々意見したが、夫は狩猟を止めようとしなかった。ある晩、妻が寝られぬままに世の無常を思っている時、二人の子供が夢うつつに三十七度身体を震わせた。妻は恐ろしくなり、夜更けに戻った夫に「今夜の獲物の数は三十七羽あるはずです」と言ったので、籠を開けてみると、確かに絞め殺した鳥の数と同じであった。林内も身震いし恐れ、これより後すべての狩猟道具を埋めて塚に築き、色々と鳥の供養をした。今でもそれが「鳥塚」として残っている。

章題にあるように、本話の最大の面白さは、二人の子供の身体を震わせた数が獲った鳥の数に一致する点にある。古くは、『今昔物語集』（巻九ノ二六）、近世期では『奇異雑談集《きいぞうたんしゅう》』（貞享四年〈一六八七〉）、巻四ノ七「三条東洞院鳥屋末期に頭より雀のくちばし生出る事」などで、子に嘴（くちばし）が生えるなど、殺生を生業とする者の報いが子におとずれる話が見られる。本話の類話はすでに、『古今犬著聞集《ここんいぬちょもんじゅう》』（天和四年〈一六八四〉）巻一「餌指、発心之事」に見られるが（江本裕『西鶴研究―小説篇―』平成17）、子供の身震いした数と締め殺した鳥の数が一致するという話型としては、本話も早いものであろう。

さらに同系の話は、仏教説話（近世中期以降の勧化本）とよばれる『諸仏感応見好書《しょぶつかんのうけんこうしょ》』巻下（享保十一年〈一七二六〉）「妻夫ノ鳥ヲ殺ス数ヲ知ル」や、『善悪因果集』（宝永八年〈一七一一〉）巻二ノ三「殺生シテ現ニ酬フ事」

の、摂津猟師が山で鳥を撃つのと同時刻に、入眠中の愛児二人が泣き出すという話へと連なる。さらに『善悪業報因縁集《ぜんあくごっぽういんねんしゅう》』（天明八年〈一七八八〉）巻三「父の殺生業を止んが為に命を捨し娘の事」では、二人の娘が白肌着を着て沢で待ち、鶴と見誤った父に自ら撃たれることで殺生を止めさせた話となり（堤邦彦『近世仏教説話の研究―唱導と文芸』平成8）、時代が下るほど、親の殺生のため、子が犠牲となる話というようなバリエーションが出てくる。さて、「友呼び雁」という狩猟法を取り入れた点にも、それまでの殺生譚にはない『諸国はなし』の新しさがある。本文にあるように、囮の雁が他の雁を「殺生人の宿につれて来て」骨を折らずに獲ってしまうのでは、猟から帰ってきた夫の締め殺した雁の数を妻が言い当てるという本話の眼目と齟齬が生じてしまう（挿絵中では、囮の雁〔左下〕と田で網により雁を捕獲する様子〔左上〕が描かれる）。しかし冒頭で「友呼び雁」にふれ具体的に渡世の方法を紹介し、さらに「「人間ばかりか」諸鳥までも、かく奥筋はすすどし（抜け目がない）」と、浮世の一面を描き出し殺生譚に変化を与えている点に、作者としての妙味があると言えよう。

（市毛舞子）

叢書江戸文庫44『仏教説話集成（二）』より

巻四の五　夢に京より戻る

名草《めいさう》

[1]泉州《せんしう》の堺《さかひ》にありし事

[2]桜鯛《さくらだひ》・桜貝《さくらがひ》、春の名残《なごり》の地引《ぢび》き、堺《さかひ》の浦に朝とくかよふ魚《うを》売《う》りども、[3]目籠《めかご》を荷《にな》ひつれて行くに、[4]大道筋《だいだうすぢ》の柳《やなぎ》の町《ちやう》とおもふ時、うつくしき[5]女郎《ぢよらう》の、たよたよとして、しほれし藤《ふぢ》をかざし、人をもつれず只《ただ》ひとり、先に立ちて行く。

いづれもさかんの若い者どもなれど、[6]あまりあきれて、言葉《ことば》をもえかけず、現《うつつ》のやうに、心玉《こころだま》をとられ行くに、この女[7]朱座《しゆざ》の門《かど》に立ち、または両替屋《りやうがへや》のおもてに立ち、戸の明かぬを、うらめしさうに見えける。「さては[8]いたづらものにはうたがひなし。いまだ夜《よ》もあけぬ、たのしみに、南のはしの小宿《こやど》にさそひゆかん」と、無分別をおもひ立ち、我も我もとちかより、「夜《よ》のお一人《ひとり》は心元《こころもと》なし。何方《いづかた》へなりともおくりとどけてまゐらすべし。その花一枝《ひとえだ》たまはれ」と申せば、「我がくるしむもこれ

1　泉州は和泉国（大阪府南西部）の別称。堺は今、堺市。堺の浦は歌枕。藤原為家「行く春の堺の浦の桜鯛あかぬかたみに今日や引くらん」（『夫木和歌抄』雑）を踏まえる。
2　瀬戸内海沿岸で、桜の咲く時季に、捕れる薄紅色の鯛。
3　目の粗いかご。
4　大道筋は町中央の南北の大通り。柳の町は大道筋の北の方にある。
5　公家や大名家に勤める女性。女臈。
6　あまりのことに驚きあきれて。
7　幕府から朱や朱墨の独占的な製造・販売の特権を与えられた商人。堺では小田助四郎。屋敷は大道筋宿屋町（しゅくやちょう）。
8　浮気女。

ゆゑなり。藤には春の雨風《あめかぜ》をだにいとひしに、ましてや人の手して折る事の情なし。昼見らるるさへ惜しきに、[9]見ぬ人のためとて折りて帰りし人の、妻や娘のにくさに、かく取りかへしにありく」と、いふかとおもへば、いつともなう、影消えてなかり。

皆々不思議と、所の人にこの事をかたれば、「おもひあたりし物語のあり。むかし[10]後小松院《ごこまつのゐん》の御時《おんとき》、この里[11]金光寺《こんくわうじ》の白藤《しらふぢ》たぐひなき花房《はなぶさ》をきこしめしおよばれて、藤を都にうつされ、南殿《なんでん》の大庭に植ゑさせられしに、春ふかくなれども花の咲かぬ事をくやませ給ふに、ある夜《よ》[12]藤の精《せい》、御枕の夢にあらはれて、

9 柿本人麻呂「たごの浦の底さへにほふ藤波をかざして行かむ見ぬ人のため」（『拾遺集』夏）を踏まえる。

10 一三七七―一四三三。室町時代北朝最後の天皇。一三八二―一四一二在位。

11 堺の宿屋町にあった時宗の寺。『堺鑑』中、「金光寺」には、本堂前にあった藤を愛でた後小松院が京都に移植したところ枯れてしまったが、院の夢枕にたった藤の精の訴えにより寺に戻したところ再びもとのように生い茂ったとある。

12 謡曲には、草木の精をシテとした『西行桜』『杜若』などの精物がある。南部備後守信恩（一六七八―一七〇六）作の謡曲『藤』は、本話と同想。浅井了意『伽婢子』「早梅花妖精」には梅の木の精霊が登場。

まざまざと詠《よ》みぬ。『おもひきや堺《さかひ》の浦の藤浪《ふぢなみ》の都の松にかかるべきとは』と見えければ、二たびこの所へ、おくりかへさせ給ふと伝へしなり。もしもさやうの事か」と、夜明けておのおの、金光寺《こんくわうじ》に行きて見るに、あんのごとく、見物折りてかへりし花どものこらず、もとの棚《たな》にあがりし。「さては名木名草《めいぼくめいさう》の奇特《きどく》[13]」とて、その後は下葉《したば》一枚[14]あだになさじとなり。

13 たいへん不思議な霊験。

14 折り取るようなことはしなかった。

藤の精の苦しみ

「泉州の堺は、朝夕身の上大事にかけ、胸算用にゆだんなく」(『世間胸算用』巻三の四)といわれる倹約の町、堺が舞台である。

夜が明けきらないうちから魚売りたちが浜に通う。町なかの大通りを身分の高そうな美女が藤の枝をかざして一人歩いている。遊び好きな女に違いないと魚売りたちは誘惑しようとする。女は、「藤の花がむやみやたらに手折られるのは苦しいことです。折られた枝を取り返して歩いているのです」と言って消えてしまう。世俗的な男たちと夢幻的な女のちぐはぐな会話には、軽妙なおかしみがある。大道筋、柳の町、朱座、両替屋といった写実的な町の風景、藤の枝をかざしたたおやかな美女と魚売りたちという取り合わせが味わい深い。

『和泉名所図絵』巻一「堺《さかい》微《よ》魚《り》魚売《ものうり》」

土地の人が、金光寺の藤の木の精がかつて後小松院の夢枕に立ったエピソードを披露したので、魚売りたちが出会った女も金光寺の藤の精だとわかる。マメ科の蔓性植物である藤は、強く巻きつく力のある幹と、房状に小花が集まる繊細な花が特徴的であるが、そのような藤の木にいかにも相応しいしぶとさと傷つきやすさをあわせ持つ藤の精が造形されている。魚売りたちへのぼやきからは、植物としての枝を切られるつらさだけではなく、一緒に藤を見に来ていない恋人に対する女性としての嫉妬心が伝わってくる。

前半の堺の町の現実の風景と後半の室町時代の伝説とが、冒頭の引歌「行く春の堺の浦の桜鯛…」、藤の精のことばにある歌「…見ぬ人のため」、後小松院に訴えた藤の精の歌「おもひきや…」の三首を背景として繋ぎあわされ、藤の精の甘美なたたずまいを詩的に表現している（平林香織「『西鶴諸国はなし』論―巻四の五「夢に京より戻る」の世界」（『文芸研究』117）。

（平林香織）

『伽婢子』十二の一「早梅花妖精」

巻四の六　力なしの大仏《おほぼとけ》

山城《やましろ》の国鳥羽《とば》[1]にありし事

大力《だいりき》

長崎《ながさき》[2]半左衛門が、柄杓《ひしやく》[3]の曲づくしを、面妖《めいよ》[4]とおもへば、京の樵《こり》木《き》町《まち》[5]に、若い者ども集まりて、たばね木《ぎ》山のごとくつみかさね、下よりは三間《げん》[6]高し。上より、「茶が呑《の》みたい」とどよめば、天目《てんもく》[7]に入れながらなぐる。すこしもこぼさず取る事、幾度《いくたび》にてもあぶなからず。また近江《あふみ》の湖にて、白髭《しらひげ》[8]の岩飛び、吉野《よしの》[9]の滝おとし、これ皆練磨《れんま》なり。飛鳥井殿《あすかゐどの》[10]の、烏帽子《えぼし》[11]付けの鞠《まり》を見て、油売《あぶらうり》一升はかりて、銭の穴より、雫《しづく》も外《ほか》へもらさず、通しけるとなり。「たとへば、無筆[12]なる者、将棋《しやうぎ》の駒《こま》書くに同じ」と、功者《こうしや》なる人の申し伝へし。

　その頃《ころ》、下鳥羽《しもとば》[13]の車使《くるまつか》ひに大仏《おほぼとけ》の孫七《まごしち》とて、その生れつき、千人にもすぐれて、都がよひに、東寺《とうじ》[14]あたりの小家《こいへ》へはいる事を、あたまつかへて、迷惑す。されどもすこしも力なくて、達《たつ》[15]

1 京都郊外の地名。現在の京都市南区の上鳥羽と伏見区の下鳥羽に分かれる。
2 曲芸師の名。
3 柄杓を用いた曲芸。
4 不思議なこと。
5 京都市の木屋町通の古名。高瀬川東岸で、材木や薪を扱う商家が多かった。
6 約五・四メートル。
7 天目茶碗に茶を入れて投げ上げた。天目茶碗はすり鉢形の茶碗。
8 琵琶湖畔にある白鬚神社（滋賀県高島市）で行われていた飛び込みの見世物。
9 吉野川上流の宮滝（奈良県吉野郡）で、川岸の岩上から飛び込んで潜り、川下で浮かんでみせた見世物。
10 公家の飛鳥井家。飛鳥井流の蹴鞠で知られる。
11 烏帽子を着し、正式の服装で行う蹴鞠。
12 字の読み書きができない者。
13 下鳥羽にいた牛車を使う運送業者。京都の市街地と淀を結ぶ鳥羽街道は、物

[16]者事《しやごと》に、ひけをとる事たびたびなり。一斗《と》のおもめ、片手にてはあがらず、世間の笑ひものぞかし。この里の若者、[17]一石《こく》二斗《とう》を、[18]中差《ちゆうざ》しにする者あまたなり。

大仏一代、無念におもふうちに、男子《なんし》ひとり、まうけぬるに、[19]おとなしくなる事をまちかね、はや[20]取立《とりだ》ちの時分より、[21]六尺三寸の棒を持ちならはせ、三歳の時は、はや一斗の米をあぐる。それより段々仕込み、八歳の春の頃、手なれし牛の、子をうみけるに、[22]荒神《くわうじん》の宮めぐりもすぎて、やうやう牛の子もかたまり、我と草村《くさむら》にかけまはるをとらへて、はじめてかたげさせけるに、何の子細《しさい》もなく持ちければ、毎

『人倫訓蒙図彙』車遣

資輸送の要路であった。
14 京都市南区の教王護国寺。五重塔が名高い。
15 力を必要とする仕事。
16 米一斗の重さ。約十五キログラム。
17 一石は十斗。一石二斗は約一八〇キログラム。
18 宙に持ち上げること。
19 成長して大きくなること。
20 つかまり立ち。
21 一尺は十寸。六尺三寸は約一・九メートル。
22 牛の子が生まれたことのお礼参り。荒神は牛の守護神とされていた。

日三度づつかたげしに、次第に牛は車引くほどになれども、そもそもより持ちつづけぬれば、九歳時《どき》もとらへて、中差しにするを、見る人興[23]を覚ましぬ。

後《のち》は親仁《おやぢ》にはかはり、[24]洛中《らくちゆう》・洛外《らくぐわい》の大力《だいちから》、十五歳より鳥羽の小仏《こぼとけ》とぞ名乗《なの》りける。

23 驚きあきれた。

22 京都の市街地や郊外における大力の持ち主となり。

日常風景に見る「錬磨」のわざ

京都の鳥羽にいた大仏の孫七という人物は、きわめて大柄な体つきであったにもかかわらず非力で、人並みに重い物を持ち上げることさえできなかったため、笑い者になっていた。やがて孫七に男の子ができると、幼い頃から鍛えて力持ちに育て上げた。この子は大牛でも持ち上げることができるようになり、父親とは違って大力の評判を取るようになった。

この話における息子の大力ぶりは、後に太宰治が『新釈諸国噺』中の一話「大力」（話の骨格は『本朝二十不孝』巻五の第三話「無用の力自慢」による）に取り入れている。それだけこの息子の大力が印象的だったのであろう。『諸国はなし』のこの話を一読すると、三歳で米一斗を上げ、八歳で牛の子を担いだという息子の大力ぶりの特異さがたしかに際立っていて、大力の珍しさが焦点となる話であるかのように見える。

『守貞漫稿』油売

しかし、「錬磨」のわざを列挙する

前半とのつながりからすると、この話では、息子の大力が修練によって獲得したものであることに意味がある。前半に挙げられている「錬磨」の例には、材木を積み上げた高所にいる者が、下から投げ上げた茶を危なげなく受け取る話や、油売りがよそ見をしながらでも油を銭の穴を通して量り入れることなど、日常の風景に見られる「錬磨」が描かれている。このような市井の人のさりげないわざが興味深い。

ことに、油売りが銭の穴から油を器に入れる話は、戦国武将の斎藤道三の若き日の逸話としてよく知られている。道三は、油売りの行商から身を起こし、下剋上によって成り上がり、美濃一国の主となったと言われている。おしゃべりをする意の「油を売る」という言い回しがあるが、これは油に粘り気があるため量り入れるのに時間がかかり、その間油売りが客としゃべり続けていたことによるという。油売りの道三は、油を売りつつ多くの情報を仕込み、それを自分の出世に生かしたのであろうか。

（河合眞澄）

巻四の七　鯉《こひ》の散らし紋[1]　猟師《りやうし》

河内《かはち》の国内助《ないすけ》[2]が淵《ぶち》にありし事

[3]川魚《かはうを》は淀《よど》を名物といへども、河内《かはち》の国の、内助《ないすけ》が淵《ぶち》のざこまで、すぐれて見えける。

[4]この池むかしより今に、水のかわく事なし。この堤にひとつ家《や》をつくりて、[5]笹舟《ささぶね》にさをさして、内介《ないすけ》といふ猟師、妻子《さいし》も持たず只《ただ》ひとり、世を暮らしける。

つねづね取り溜《た》めし鯉《こひ》の中に、女魚《めす》なれどもりりしく、慥《たし》かに[6]目見じるしあつて、それぱかりを売り残して置くに、いつのまかは、鱗《いろこ》にひとつ[7]巴出来《どもゑでき》て、名をともゑとよべば、人のごとくに聞きわけて、自然となつき、後《のち》には水をはなれて、一夜《ひとよ》も家《や》のうちに寝させ、後《のち》にはめしをもくひ習ひ、また[8]手池《ていけ》にはなち置く。はや年月《としつき》をかさね、十八年になれば、尾かしら掛けて、十四五なる娘のせい程になりぬ。

1 紋所がとびとびに散らしてある模様。
2 今、大阪府大東市。『枕草子』「淵は」の段で知られる「勿入淵（ないりそのふち）」が転訛して「ないじょがぶち」、「ないすけがふち」と称されるようになったもの。
3 川魚は淀川の中でも京都市伏見区の淀付近で捕れたものが賞味された（『日本永代蔵』巻五の二）。京阪では川魚、特に鯉を賞味する傾向があった。
4 勿入淵が新開池・深野池の二つに分かれた現在でも水が枯れたことはない。ただしこの流域は氾濫を繰り返しており、単純に水魚豊かな風景が賞美されるものではなかった。
5 笹舟のような小舟。
6 見てすぐ分かるような特徴的な印。
7 巴紋がひとつだけ描かれた絵柄。巴紋は鞆（とも）の側面を図案化した模様とされるが、俗に波頭の図案化とも言われ、渦巻く水のイメージにも通じている。
8 自分の所有する池。後の「生洲」も

あるとき内助に、[9]あはせの事ありて、同じ里より、[10]年がまへなる女房を持ちしに、内介は猟船《れうせん》に出《いで》しに、その夜《よ》の留守に、うるはしき女の、水色の着物《きるもの》に[11]立浪《たつなみ》のつきしを上に掛け、うらの口よりかけ込み、「我は内助殿とは、ひさびさの[12]なじみにして、かく腹には子もある中なるに、[13]またぞろや、こなたをむかへ給ふ。このうらみやむ事なし。いそいで親里《おやざと》へ帰りたまへ。さもなくば、三日のうちに大浪《おほなみ》をうたせ、この家をそのまま池に沈めん」と申し捨てて、行方《ゆきがた》しれず。

　妻は内介を待ちかね、おそろしき[14]はじめを語れば、「さらさら身に覚《おぼ》えのない事なり。大《おほ》かたその方《はう》も合点《がつてん》して見よ。この

同じ。
9 結婚させること。縁談。
10 かなりの年配。
11 波が逆巻く様子を図案化した衣服の模様。
12 男女がなれ親しむこと。長年連れ添うこと。
13 またしても。いいかげんにして欲しいというニュアンスを込めている。
14 「始め終わり」の略。一部始終。西鶴の常套語。

あさましき内助に、さやうの美人、なびき申すべきや。もし[15]在《ざい》郷《がう》まはりの、紅《べに》や・針売《はりうり》のかかには、おもひあたる事もあり。それも[16]当座当座にすましければ、別の事なし。何かまぼろしに見えつらん」と、又夕暮より、舟さして出《いづ》るに、俄《にはか》にさざ浪《なみ》立つてすさまじく、浮藻中《うきもなか》より、大鯉《おおごひ》ふねに飛《と》びのり、口より子の形なる物をはき出し失せける。やうやうにげかへりて、生洲《いけす》を見るに、かの鯉はなし。

「惣《そう》じて生類《しやうるい》を深く[17]手馴《てな》れる事なかれ」と、その里人《さとびと》の語りぬ。

15 田舎をめぐる紅屋や針売りなどの行商人の女。かたわら売春もした（『好色一代女』巻六の二）。

16 その場その場で代価は支払ってあるので。

17 馴れてなつくこと。ここではそのようにさせること。

境界上の独身者

水魚豊かな水辺に住まう独身の漁師が、見事な魚身を愛でて取り置いた鯉魚と情を交わすという異類婚譚の典型――一読すればそういう話であろう。しかし後に迎える「女房」に語るところを信ずるなら、彼の身に覚えは無い。ならば一方的に「ともゑ」を性具として弄んだか。「内助は鯉の口を性の処理に使っていた」などと断じる注釈もある。なるほど、蕪で気をやった『今昔物語集』の男の例もあるし、独身男がとりつかれる妄想としてはありがちな話かも知れない。しかし、鯉には咽頭歯というものが発達しており、貝殻も砕き割って食らうらしい。本話の挿絵では咽の奥どころか口辺に鋭い歯を剥き出しにしている。有歯膣《ヴァギナ・デンタータ》さながらに、恐ろしいからこそ噛まれてみたくなる去勢願望などをむしろかき立てるかも知れないが、実際問題として鯉の口婬はかなり危険な振る舞いと言わざるを得ない。内助・ともゑ交情の真相は不分明なのだ。

さて、本話の舞台「内助が淵」も一筋縄ではいかない。淵はそもそも説話的磁場の定番であるし、鯉は深くよどんだ淵を好む。草香江や勿入淵《ないりそのふち》の記憶をとどめた「内助が淵」はこの奇譚にふさわしい。しかし、本話においてそれは「池」とも称されるように、淀川・大和川流域の沖積化にともない、深野池・新開池の二つに退縮している。また、この水域は深刻な水害を繰り返し、その治水は長年の課題だった。本作品成立以前の文禄期には、秀吉による築堤工事によって既に淀川本流からは切り離されており、さらに宝永期の大和川付け替えにより水の流入は激減し、以降は新田開発によって干上がる運命をたどるのである。この話は、そのように鎮められる運命にあった淀川・大和川両水系の合流点を舞台とするからこそ、束の間幻視しえた人魚交感の奇譚と言えるかも知れない。その交感の真相は一切不明でありながらも、様々な含意を読み取らせる。それは「堤」という人造の境界にすまう独身者の妄想を写し取るものでもあろうか。

（空井伸一）

『北斎通鑑』「子英」

『列仙伝』「子英」

本話の挿絵は伝統的な鯉の絵柄から逸脱している。何より異様なのはその口辺に見える「歯」だ。和漢二様の図版はいずれもぽっかりと開いた典型的な「鯉口」であり、そこに「歯」はみえない。しばしば水害に見舞われた内助が淵周辺の実態を本話は描かぬが、当時の読者ならばその凶暴さをこの「歯」に重ねて見ることもあったのではなかろうか。

巻五の一　挑灯《てうちん》に朝顔《あさがほ》　茶の湯

大和《やまと》の国春日《かすが》の里にありし事

野は菊・萩《はぎ》咲きて、秋のけしき程、しめやかにおもしろき事はなし。心ある人は歌こそ和国《わこく》の風俗なれ。何によらず、[1]花車《きやしや》の道こそ一興《いつきよう》なれ。

奈良《なら》の都のひがし町に、しをらしく住みなして明暮《あけくれ》茶の湯に身をなし、興福寺《こうぶくじ》の[2]花の水をくませ、かくれもなき[3]楽助《らくすけ》なり。

ある時この里のこざかしき者ども、[4]朝顔の茶の湯をのぞみしに、兼々《かねがね》日を約束して、万《よろづ》に心を付け

1　みやびやかな芸術（和歌・書・絵画など）・風流の道。

2　奈良の興福寺のそばにあった名水。花の井。

3　気楽に生活する人。

4　夏の朝に朝顔を生けて行う茶事。千利休が豊臣秀吉を招き自身の茶の理念を示したことで有名となり（茶話指月集）、広く行われるようになった。

て、その[5]朝七つより
こしらへ、この客を
待つに、大かた時分
こそあれ、昼前に来
て案内をいふ。
亭主《ていしゆ》腹立《ふくりふ》して、客
を[6]露地《ろぢ》に入れてから、
挑灯《てうちん》をともして、[7]む
かひに出《いづ》るに、客はまだ合点《がつてん》ゆかず、夜《よる》の足元《あしもと》するこそ、をか
しけれ。あるじおもしろからねば、花入れに土つきたる芋の葉
を生けて見すれども、その通りなり。兎角《とかく》心得ぬ人には、心得
あるべし。亭主《ていしゆ》も客も心ひとつの[8]数寄人《すきびと》にあらずしては、たの
しみもかくるなり。
むかし功者《こうしや》なる、茶の湯を出されしに、[9]庭の掃除《さうぢ》もなく梢《こずゑ》の
秋のけしきをそのままにしておかれしに、客もはや心を付けて、

5 午前四時ごろ。

6 茶庭における茶室までの道のり。茶庭では「路地」ではなく心を静めていく過程をも込めて「露地」とする。

7 亭主が露地の腰掛けで待つ客を迎えに出て茶室に誘う「迎え付け」に際して、昼間なのにもかかわらず提灯をともしている。

8 茶の湯などの芸道に傾倒し熟達した人。

9 茶の湯では客の着物の触れる可能性のある露地の木の葉の汚れを一枚ずつ丁寧に拭き取るなど、徹底して掃除を行う。

10 「八重葎しげれる宿のさびしきに人こそ見えね秋は来にけり」（恵慶）の歌で『拾遺集』・百人一首にある。

いかさまめづらしき道具出《いづ》べきとおもふに、あんのごとく掛物《かけもの》に「[10]八重葎《やへむぐら》しげれる宿」の古歌《こか》をかけられける。

またある人に、漢《かん》の茶の湯を望みしに、諸道具皆[11]唐物《からもの》をかざられしに、掛物ばかり[12]阿倍仲麿《あべのなかまる》が詠《よ》みし、「天《あま》の原《はら》ふりさけ見れば春日《かすが》なる三笠《みかさ》の山に出《いで》し月かも」の歌を掛けられたり。いづれも感ずるに、「この歌は[13]中丸《なかまる》、唐土《もろこし》から古里《ふるさと》をおもふて、詠《よ》みし歌なり」と、しばらく亭主《ていしゅ》の作《さく》の程《ほど》を詠《なが》めけるとなり。

「客もかかる人こそ、この道をすかるる甲斐《かひ》あれ」と、ある人の語りし。

11 国産を和物と呼ぶのに対し、中国から伝来し骨董的価値が珍重された茶道具を唐物と呼ぶ。

12 「もろこしにて月を詠みける」という詞書きで『古今集』や百人一首にある歌。阿倍仲麻呂は七一七年遣唐使として中国に渡り帰国できないまま七七〇年に彼の地で没した。

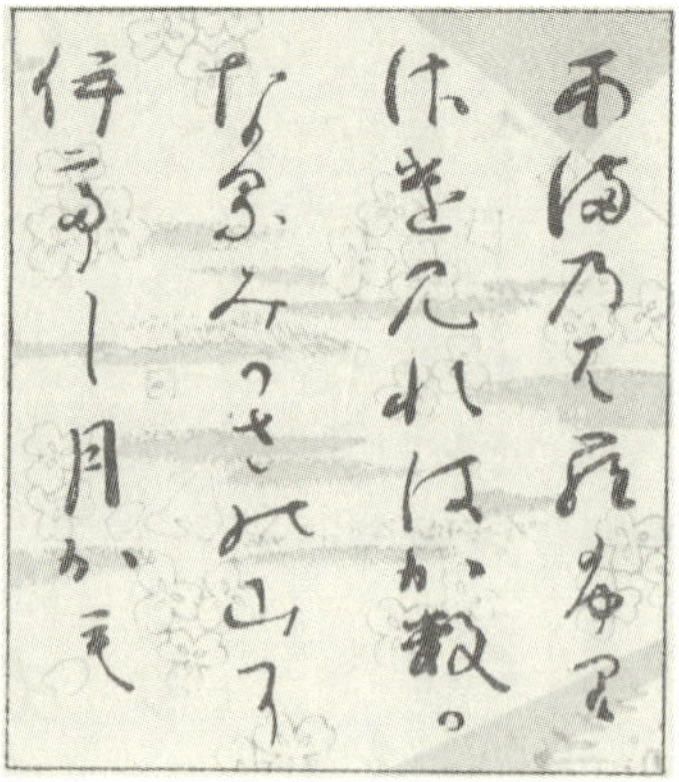

『集古十種』より

13 阿倍仲麻呂のこと。当時よく用いられた表記。

鑑賞の手引き

茶の湯は江戸の「社長のゴルフ」だった

この話は、茶の湯にまつわる二つの挿話から成り立っている。一つめは、茶の湯の巧者にこざかしき者たちが「朝顔の茶の湯」を指導してほしいと依頼し、その時間を大幅に遅れてやってきたことによるトラブルである。二つめは、茶席の道具の取り合わせの巧みさをあらわすエピソードである。

茶の湯が元禄時代の町人たちにとってどのような存在であったか、この話はそれをわれわれに考えさせてくれる。茶の湯は、すでに上流社会に生きる人たちにとって必須の教養となっており、さしずめ現代の社長たちがゴルフに興じるのと似た状況だった。たとえば『日本永代蔵』巻一の三「波風静かに神通丸」にも、もともと下働きの使用人であった町人が金儲けのタイミングをつかみ、はぶりがよくなってくると「詩歌・鞠・楊弓・琴・笛・鼓・香会・茶の湯」を自然に身につけて上流階層の交際をするようになると書かれている。当然、そうした人たちと交流を要求される遊女たちなどにも嗜みとして茶の湯は不可欠の存在だった。西鶴も俳諧の席などでそうした上流階級との接点が少なからずあった一人であろう。

サロン文化としての茶の湯であるので、そこに参入しようとした新興成金階層の人たちの失敗譚といった茶の湯にまつわるさまざまな噂も存在したはずである。この話も、そうした「話」のなかから、面白い失敗譚と名人譚の一部が切り出されたと考えられる。

茶の湯と聞くと、われわれには千利休の登場により盛行したいわゆる「わび茶」がイメージされる。この話もその「わび茶」にまつわる話である。

茶の湯の歴史を概観すると、中世までは大書院において唐物茶入などの舶載の茶器を用いた「唐物荘厳の茶」が主流であった。やがて村田珠光・武野紹鴎らにより、草庵で国産品の茶器を道具に用いた「わび茶」が始められた。その流れを受けた千利休は、長次郎の黒楽茶碗に代表される美意識で「わび茶」の完成度を高めたのである。

「わび茶」の精神性は道具にも強く影響を与えていた。むしろ道具によりその精神性を逆照射して見るのが、茶の湯における「わび」の評価と言った方がよいかも知れない。朝顔の茶の湯では、千利休が露地に咲き誇っていた朝顔の花をすべて取り払い、床の間にたった一輪の朝顔を生けることで自己の美意識を客の天下人秀吉に伝えようとした。この話の唐の茶の湯もすべて唐物、すなわち舶来品で整えた道具の中に「天の原」という和歌を一つだけ取り合わせている。「八重葎」の方は、もてなす側が一言も説明せずに、庭の風情から客に茶会の趣向を「察知」することを求めているのである。

こうしたやりとりが求められる茶の湯の世界だからこそ、亭主と客との間での勘違いも起こりやすく、格好の話の種も生まれやすかったのであろう。茶の湯が分かると言うことは、点前作法だけの理解にとどまらず、道具の取り合わせなどから隠された亭主の趣向を「読む」ことでもあったわけである。

（石塚修）

巻五の二　恋の出見世《でみせ》　美人《びじん》

江戸《えど》の[1]麹町《かうじまち》にありし事

[2]安倍茶問屋《あべちゃどひや》して、江戸麹町に、[3]よろしき者あり。年ひさしく遣《つか》ひし[4]若いものに、長兵衛と申して、[5]たまかに商ひの道精《せい》に入りければ、親方、次第《しだい》に富貴《ふつき》になりぬ。はや[6]年《ねん》も明けば、[7]下町に見世《みせ》を出《だ》させ、国元《くにもと》より母親をよびよせ、[8]うしろみさせて、よき[9]商人《あきんど》にしたてける。いまだ定まる妻なければ、あなたこなたと聞き立てける。

折ふしは[10]極月《ごくげつ》のはじめつかた、[11]世間せはしき時分に、[12]素紙子《すがみこ》ひとつに[13]深編笠《ふかあみがさ》着たる男、明けてより暮れまで、四五度門《かど》を通り、[14]茶棚《ちやだな》を見入り、しばし立ちとどまるを、亭主《ていしゆ》もこころえず、近所の者も気を付けて、

「これは、[15]ねだれ者なり。油断したまふな」

と申す処《ところ》へ、またかの男来《きた》つて、内に入り、

1 現在の東京都千代田区麹町。当時、大名や旗本、御家人などの屋敷が多く立ち並んだ、山の手の台地。
2 静岡県安倍川流域で産出される茶。近世当時、江戸に多く出荷されていた。
3 比較的豊かな者。
4 手代。
5 実直に。まじめに。
6 年季（年季奉公の期間は最長十年）。
7 商工業に従事する町家の多い、神田・日本橋・京橋などの低地の町。
8 日常の生活の世話。
9 原文「商人（あきんどに）したてける」。10 十二月。
11 大節季（大晦日）をひかえ気ぜわしくなる時期。
12 柿渋を塗らない白い紙子。貧しい者が着した。
13 顔を覆い隠す深くて大きい編笠。武士や虚無僧が用いた。
14 茶壺や茶道具などを並べる棚。
15 言いがかりをつけ金品をゆする者。

「長兵衛殿と申すは、こなたの事か。すこしの[16]御無心《むしん》にまゐつた」と申せば、「この方《はう》も[17]世帯の取《とり》付きにて、御用に立つ程のことはなるまじ。少しの[18]御合力《かふりよく》は、やすき御事」と申す。

あたりの人、[19]勝手にまはりて様子を聞くに、かの[20]牢人《らうにん》の申すは、「[21]御心入れかたじけなし。[22]我等《われら》の望み、さやうの儀にはあらず。母親のなき娘ひとり持ち申し候が、我が子ながら、さのみいやしからず。[23]そのかたの心入れ、兼《か》ねて聞きおよび候へば、是非に聟《むこ》になりてたまはれ」と頼む。

「それがし[24]旦那《だんな》もあれば、内談申しての上に、御返事」と申

16 遠慮のないお願い。

17 一家（店）の持ちはじめ。

18 金品を施すなど物質的な援助をすること。

19 台所。原文「勝手《かつてに》まはりて」。

20 浪人。「牢人」という表記は当時の慣用。

21 お心遣い。

22 単数の一人称。謙譲の意をこめた表現。

23 原文「そのかた心入」。長兵衛の商売に対するまじめな心掛け。

24 主家である安倍茶問屋の主人がおりますので、相談した上で御返事いたします、の意。

せば、「それまで間《ま》のなき事ぞ。申し掛かつて合点《がつてん》まゐらずば、[25]これまでの命」とおもひ切るを、[26]いづれも出合ひ、[27]「ここは何とぞあるべし。[28]我々に御まかせあれ」と申すうちに、[29]乗物《のりもの》・[30]長《なが》持《もち》かき入れける。

この娘の美人、[31]東《あづま》に見た事もない姿。おのおのおどろきける。紙子袖より[32]小判《こばん》五百両取り出し、「これは、むすめの遣《つか》ひ金《きん》なり。刀・脇指《わきさし》は、[33]引出物《ひきでもの》なり。今日《けふ》より世に親ありとおもふな」と、いふ声の下より、[34]髪をきれば、門《かど》より法師の、「おそい」とよび立て、行方《ゆきがた》しらずなりぬ。

その後《のち》、いろいろ子細《しさい》をたづねけれども、泪《なみだ》にくれて、「名もなき者の娘なり」とばかり、かさねて物をも申されず。この事[35]申しあげけるに、[36]その通り済みぬ。

25 みずからの命を断つことをいう。
26 この場の様子を台所に隠れて窺っていた近所の面々。
27 ここは何か他に思案もあるはずだ、の意。
28 原文「我〱《に》御まかせあれ」。
29 嫁入りの際に花嫁が乗る駕籠のこと。
30 衣類・調度などを入れる長櫃（ながびつ）のこと。嫁入り道具のひとつでもあり、嫁入りに際して持参する諸道具を入れる。
31 東国。江戸をさす。
32 現在のお金に換算して、およそ三千万円。
33 「婿引出物」を略していう。婚礼の折りに舅から婿につかわす贈り物。
34 法師とともにどこかへ行くことから判断して、浪人の父親は髪を切り法体姿になる決心をしていたことが推される。
35 町奉行に訴え出たところ。
36 そのまま、浪人の娘が長兵衛の嫁になるということで落着した、ということ。

〈謎〉と〈ぬけ〉手法——読者に求められる話の背後への透視

まずはじめに、本話のあらすじを簡略に記しておこう。江戸麹町の安倍川茶問屋は、手代の長兵衛の働きにより富貴になる。やがて長兵衛の年季もあけ、親方は下町に店を出させる一方、国もとから母親をよびよせて嫁探しをはじめる。そんな折りのこと。素紙子姿の浪人がいきなりやってきて、母親のいない娘の婿になってほしいと自害を仄めかしつつ無理を言い、間もおかずに美人の娘を連れてくる。遣い金五百両と引出物の刀・脇差を手渡したうえ、浪人はその場で髪を切り落とし、法師とともにどこかへ行ってしまう——という内容。

——さて、人の世の不思議をうたう本書において、本話はある意味で、もっとも不思議な話といえるだろう。というのも、具体的な子細（事情）が、本話ではまったく語られていないからだ。

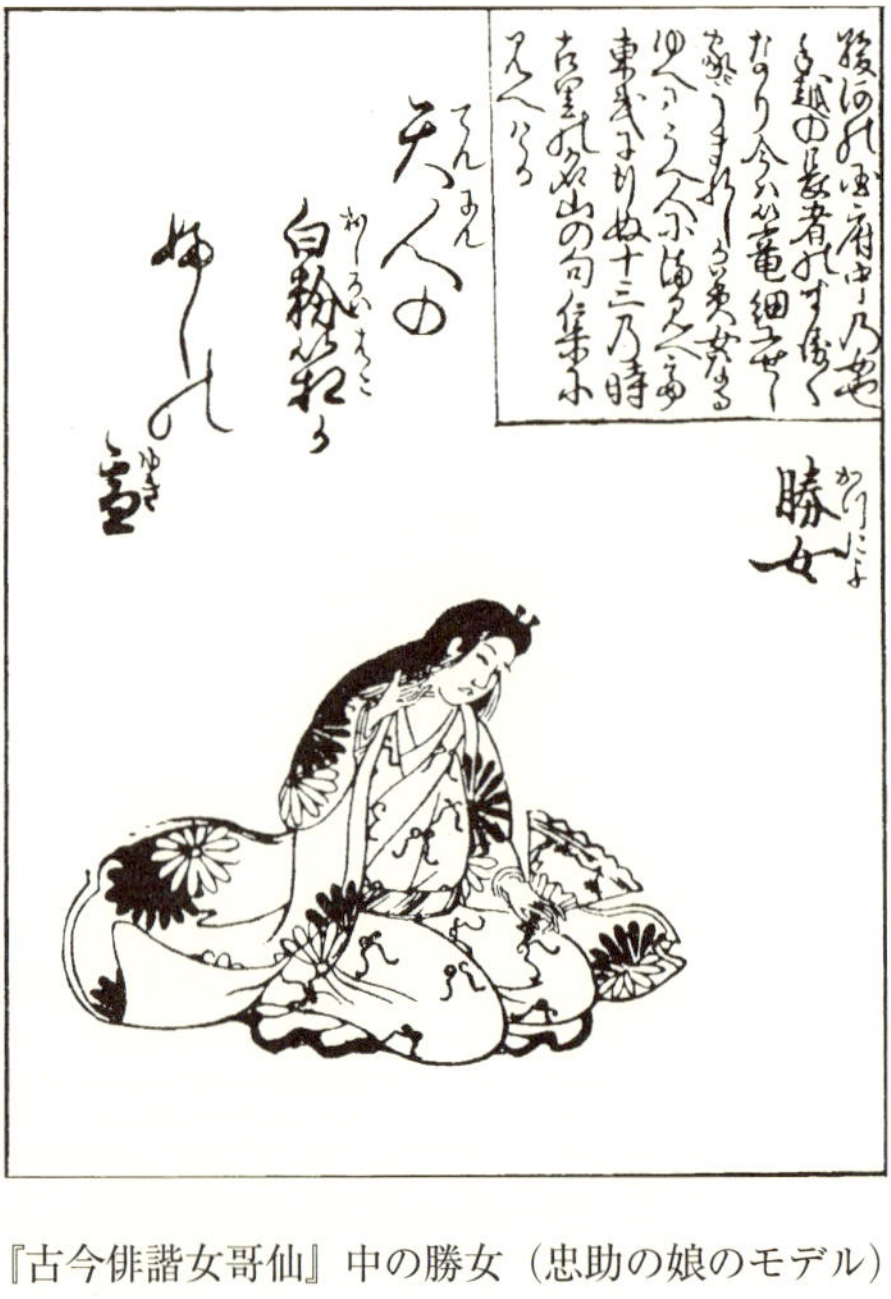

『古今俳諧女哥仙』中の勝女（忠助の娘のモデル）

浪人の父親は、母親のいない娘を、働き者で親孝行の長兵衛に託して出家したようだが、なぜそのような事態に至ったのか——。貧相な素紙子姿ながら、五百両もの大金を所持するのはどうしてなのか——。事情もわからぬまま、なぜ奉行所は婚姻を認めるのか——。そうした子細が、いっさい読者に知らされず、〈謎〉のままに話は展開されている。

多額の持参金を所持する美人がいきなり婚姻をせまるという点では、『懐硯』巻五の五「御代のさかりは江戸桜」との類似を指摘できるが（『対訳西鶴全集』参照）、一方、働き者で親孝行な者を見初めて我が子に見合わせるという、本話の持つもうひとつの側面からいえば、男女の位置が逆転するものの、『日本永代蔵』巻三の五「紙子身袋の破れ時」との類似が指摘できる（杉本好伸「『古今俳諧女哥仙』勝女の行方」『国語と国文学』昭和

『日本永代蔵』巻3の5「紙子身袋の破れ時」の挿絵（忠助の娘は、駿河の府中で花籠を売っている）。

58・6）。両話とも〈美女〉が登場し、しかも話の舞台がともに〈駿河〉と関連を有している。もしかすれば、このあたりに、〈謎〉めいた本話の創意が隠れているのかもしれない。

「霊照女籠花入」とよばれる唐物手付籠（『角川茶道大事典』）。霊照女を画題とした掛絵（『宗及茶湯日記』等）や、霊照女と銘名されている青磁の雲鶴手筒茶碗とともに、茶席ではしごく馴染みのものである。

『日本永代蔵』巻三の五のモデルとして、実在の勝女が想定されることについては既に指摘があるが（前田金五郎『西鶴語彙新考』平成5）、忠助の美女の娘を、勝女同様に籠細工人の娘と設定する一方、籠を売る霊照《れいしょう》女《じょ》とも関連づけていたことが、『日本永代蔵』のその叙述からは窺えた。そこには、駿河の勝女――籠・駿河の茶――茶席の霊照女（籠・掛絵・椀）――龐居士《ほうこじ》――出家、といった創意の連想の糸が明瞭に辿り得た。だとすれば、本話の浪人の出家の背後にも、〝茶〟から連想される霊照女・龐居士父子の面影が、正体を巧みに隠す〈ぬけ〉の手法のもと、隠微に且つ巧妙に配されていたのかもしれない。〈謎〉話の形態は、そのような、隠れた趣向の解明を読者に求めるためでもあったろうか。

あわせて考えてみるべきことは副題についてだ。副題を「美人」としたのは、単に、浪人の娘がすこぶる美形であったからだけであろうか。もしも浪人の娘が、『好色盛衰記』巻二の一「見ぬ面影に入聟大臣」のように、その家の財宝を残らずもらえるとしても、目も鼻もない「つつぺり」顔の娘であったとしたなら、その後の展開はどうなったことであろうか。やはり、その話の左内のように娘から逃げだしたのではなかったろうか――。そう考えれば、「美人」の要素にはかなり重いものがある。皆が驚くほどの「東に見たこともない」美形であったからこそ、よくわかりもしないまま「その通り済みぬ」ということになっていったのではなかろうか。「美人」の前では子細は問われることなく消え去ってしまったということのようである。だとすれば、本当は、「その通り」に済ませてしまった人々のありかたの方が、もっと不思議なことであったといわなければならない。

（杉本好伸）

巻五の三　楽しみの鱮鮎《まこ》[1]の手《て》　生類《しやうるい》

鎌倉《かまくら》の金沢《かなざは》[2]にありし事

鎌倉の金沢といふ所に、流円坊《りうゑんばう》と申して、世を遁《のが》れたる出家あり。今は仏の道もふかく願はず、明暮《あけくれ》、丹後節《たんごぶし》[3]の道行《みちゆき》[4]ばかりを語りて、柴《しば》の網戸を引き立て、軒の松《まつ》が枝《え》に、蔦《つた》の葉のかかりて、紅葉《もみぢ》するを見て、秋をしる。浪《なみ》の月心《こころ》をすまし、雁《かり》[5]のわたるを琴《こと》に聞きなし、只《ただ》夢のやうに日を送りぬ。たくはへる物もなければ、露時雨《つゆしぐれ》の折ふしは、煙《けぶり》を立つる爪木《つまぎ》[6]もなし。

万《よろづ》その通りにして、死次第《しにしだい》[7]と、身を極めたまふ折《をり》から、入江《いりえ》にさざ浪《なみ》たつて、見なれぬいきもの二疋《ひき》、人におそれず近寄るを、よくよく見れば、鱮鮎《まこ》といふものなり。一疋《ぴき》は、流れ木をひろひ集めて抱へ、また一疋は、ほし肴《ざかな》を持ちて、物いはぬばかり、人間のごとく頭《かしら》をさげて居《ゐ》る。この心ざし嬉《うれ》しく、精進をやぶりて、これをくひける。その後《のち》は手馴《てな》れて、淋《さび》しきとお

1　挿絵の描かれ方から「猟虎（らっこ）の類か」（宗政五十緒）とも、猿猴や江の島弁財天の童子の要素を流入させた架空の動物（宮澤照恵）ともされるが、不詳。鮎の字はナマズを意味するとの説もある（『増補下学集』）。

2　現在の神奈川県横浜市金沢区周辺。風光明媚の地として親しまれ、元禄以後には入江を中心とする景観が金沢八景として定着した。

3　江戸時代初期に杉山丹後掾清澄（七郎左衛門）が語りはじめた浄瑠璃節。元和二年（一六一六）に江戸で操芝居を興行し、滝野検校直伝の正調を語った。

4　軍記物・謡曲・浄瑠璃などで目的地にたどり着くまでの道筋の地名や光景・旅情などを述べた韻文。

5　雁が群れをなして飛ぶ様を琴柱に喩える。「空色によそへる琴の柱をばつらなる雁と思ひけるかな」（『題林愚抄』仲実朝臣）。

6　薪にするための小枝。

もふ時には、かならず来て、よき友となりぬ。ことにたのしみは、身のうちのかゆさ、云《い》はねど自然としりて、思ふ所へ手をさしのべ、そのこころよき事、命も長かるべし。[8]今世上にいふ、孫の手とはこれなるべし。

次第になじみけるに、ひとつばかり来て、一疋はひさしく見えぬ事をなげき、「もしも命のをはりけるか」と申せば、笑うて沖のかたに指さす。いよいよ合点《がってん》ゆかず。それより百日程すぎて、またはじめのごとく、二疋つれて、夜半《やはん》にきたる。戸ざしを明くれば、なつかしさうに近くよる。「何としてこの程は見えぬぞ」とあれば、[9]紫の衣《ころも》をたたみなが

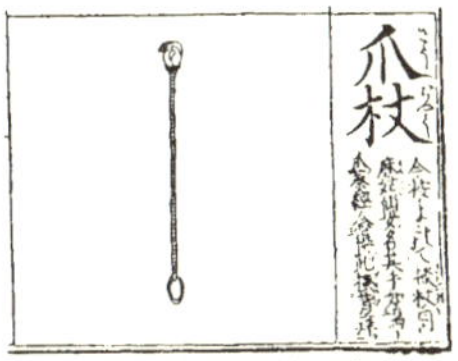

中村惕斎『訓蒙図彙』

7 死ぬのにまかせること。遁世者の心持ちが表現されている。

8 通説では『神仙伝』(王遠・麻姑)で、神女・麻姑の鳥のような長い爪で背中を掻いてもらったら気持良かろうと蔡経が腹中に思ったという故事に由来するとされるが、ここでは[魚+摩]鮎への由来に転じられている。

9 出家の衣は木欄地色(黒ないし柿色)、壊色(鼠色)、青色(薄浅葱色)の三色のみが許されるならわしであったが、後花園院(一四一九―七〇)の時に、紫の衣の着衣が許されたという(『遠碧軒記』)。

らさし出す。心をとめて見るに、正《まさ》しく我が古里《ふるさと》にまします、[10]伊勢《いせ》の大淀《おほよど》の上人《しやうにん》、円山《ゑんざん》の御衣《ころも》なるが、さてもさても不思議なり。何とて物をいはぬぞ。この事ききたしと、いろいろおもふ甲斐なく、日数ふりしうちに、国元よりのたよりに、円山御[11]遷化《せんげ》のよし、しらせける。末の世の[12]かたりくにかの御衣を持ちて、伊勢の御寺《みてら》にのぼりぬ。それよりこの所を、[13]衣の礒《いそ》とぞ申しけるとかや。

10　現在の三重県多気郡明和町大淀。伊勢神宮の斎宮が禊をする所として知られる。歌枕。戦国時代以来伊勢遷宮の任にあたった慶光院の尼僧は「伊勢上人」とも呼ばれ、紫衣を許されていた。流円坊の古里に設定されたのはこのことを踏まえたか。

11　僧がこの世の教化を終えて、その教化を別の世に移すこと。高僧・隠者などの死を意味する。

12　後世の語り種になるかと思って。

13　未詳。ただし、実在する地名袖ヶ浦（現在の二宮町山西村）にちなむ命名か。

鑑賞の手引き

死の伝達者《メッセンジャー》・鱮鮎

流円坊は出家僧だが、念仏をあげず浄土をも望んでいない。しかも、念仏の代わりに丹後節の道行を語り、精進破りもいとわない。この流円の造型は、謡の代わりに唐音の読経を行い、魚鳥も食したという『懐硯』の旅僧伴山に共通する。流円のモデルに『新著聞集』に登場する、同じく伊勢を故郷とする即往法師にあてる説もある（井上敏幸『新日本古典文学大系』脚注）が、岩屋に籠り、断食して西方浄土を願った即往と流円とでは出家の態度に雲泥の差があるのではあるまいか。むしろ、流円の生き方は伴山のそれに近い。『諸国はなし』が刊行された十七世紀後半は、林読耕斎『本朝遯史』・深草元政『扶桑隠逸伝』など隠逸伝が相次いで出版された時期にあたる（井上敏幸「隠逸伝の流行」『芭蕉と元政』平成13・臨川書店所収）。西鶴もその一つである『近代艶隠者』に関与したとされ、多様な隠者の生活態度に興味を有していたと考えられる。本話もその反映から成立したのではなかろうか。

俗界を離れた出家僧が周辺の生物と親しむのは性空（『扶桑隠逸伝』）等の前例があるが、本話では鱮鮎なる「見なれぬいきもの」と交流する。この鱮鮎はいかなる目的で流円に接触を図ったのだろうか。結果として、彼らは円山の死を着衣によって伝達するが、それは流円との初対面の時点で目論まれていたと読めなくもないのである。

二疋の怪物についてその伝承はいまだ明らかになっていない。猿などの要素を盛り込んだ西鶴の虚構とする説（宮澤照恵「「楽の鱏鮎の手」の素材と方法」『国語国文研究』平成元・3）すらある。だが、本文に「よくよく見れば」それと分かったとの表現もあり、何らかの伝承が意識にのぼった可能性も排除できない。水陸両生で人語を理解するという生態に加えて、「死の伝達」を性格に加えるなら、この怪物の正体が判明する手がかりになるかもしれない。

（浜田泰彦）

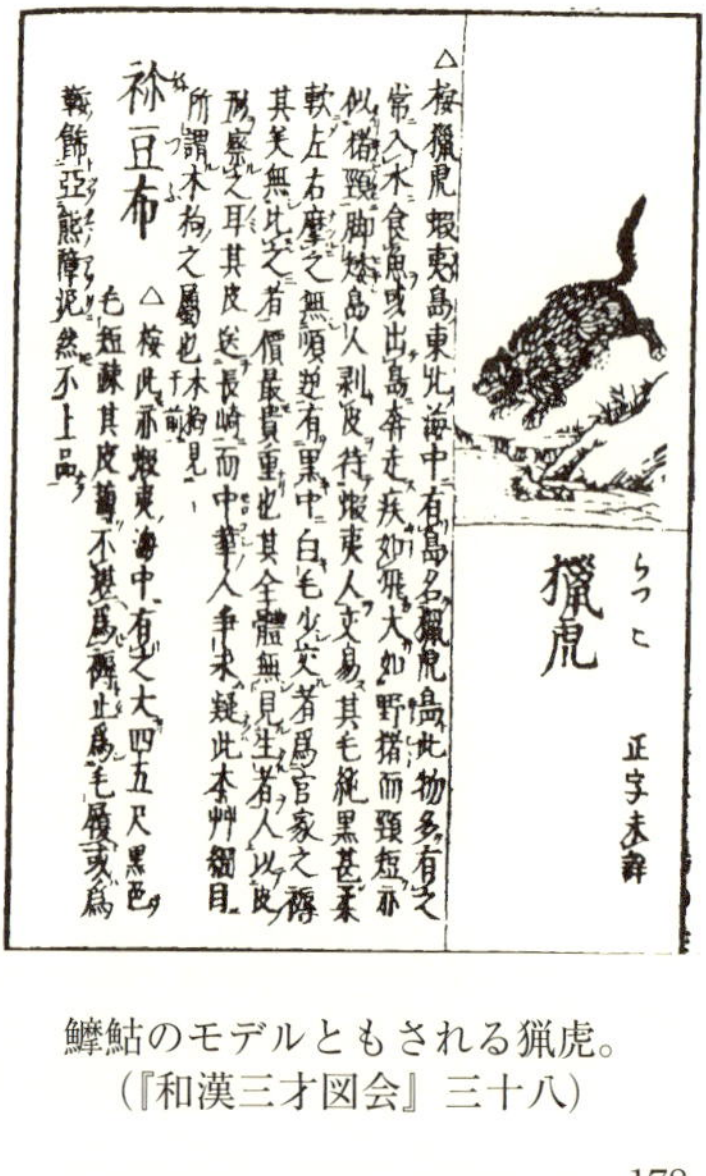

鱏鮎のモデルともされる猟虎。
（『和漢三才図会』三十八）

巻五の四　闇《くら》がりの手形

木曾[2]《きそ》の海道《かいだう》にありし事

横道[1]《わうだう》

美女[3]は身の敵《かたき》と、むかしより申し伝へし。おもひあたる事ぞかし。

今川采女《いまがはうねめ》と申す人、生国《しやうごく》越後[4]《ゑちご》にて、段々義理につまつて、人を討つてのきしに、親類のなき事、かやうの時のよろこびなりしに、なげきあり。この二とせあまり、あひなれし女、この別れをかなしみ、「何国《いづく》までも」と、袖《そで》にすがれば、是非なくつれて、只《ただ》二人山越えに立ちのき、やうやうと、あぶなき国元をはなれ、信濃路[5]《しなのぢ》にさしかかりて行くに、追分[6]《おひわけ》よりから[7]尻《しり》をいそがせぬれど、この所は女房[8]馬方《むまかた》にてはかどらず。心ざしぬる宿《しゆく》まで、日の暮れければ、定まりの泊り、外《ほか》なる野外《のはづ》れの、ひとつ家《や》のつねは、旅人をとめた事もなき、あるじにさまざま詫《わび》言《ごと》して、情《なさけ》の一夜を明かすに、山風のはげしく、はやこの里は、

1 本道からはずれること。よこしま。
2 中山道。
3 美女は身を滅ぼす敵となる。「美女は悪女の敵」のもじり。「美女は男の命を断つ斧」（『譬喩尽（たとへづくし）』）。
4 現在の新潟県。
5 信濃国（長野県）の道。ここでは、野尻辺から上田・小諸を通って中仙道の追分に出るまでの北国街道の道。
6 長野県軽井沢町追分にあった中山道の宿場。北国街道と中山道との分岐点。
7 軽（空）尻馬の略。人を乗せる場合は、布団や小付（こづけ）

木曽の追分
『江戸時代図誌』第10巻　中山道一

などのほかに、五貫目までの荷物を付けることができる駄賃馬。一貫目は三・七五キログラム。
8 女の馬方。
9 木曾では麻衣に綿を入れずに、何枚も重ねて着る風習があった。
10「いかき」は竹製の籠。ざる。釣鍋に小さなざるを仕かけ、茶葉を煎じたもの。
11 農耕用の牛が一頭いたらなあ、という話。
12 いろり。
13 割り松の明かり。
14 あだ名。

九月の末つ方より、雪ふり初《そ》め、寒さもひとしほまされど、しのぐべき着替へもなく、[9]木曾の麻衣《あさぎぬ》の、ひとへなるをかさね、夜もすがら焼火《たきび》して、[10]いかき茶といふ物を呑《の》むより、外《ほか》のたのしみなし。世の憂《う》き年貢《ねんぐ》のたらぬ事、[11]「牛が一疋《ぴき》ほしき」など、咄《はな》し寝入りに、[12]ゆるりの[13]松かがり消えて、鼾《いびき》ばかりなりぬ。

その頃、木曾の赤鬼と、[14]あざ名をよび、あばれ者のありしが、くみする若者、あまたあつめて、内談するは、「今日《けふ》の暮方《くれがた》に、屋敷女をつれて、旅の者の通りしが、さてもさてもその姿、何とも言葉にはのべがたし。見そむるより、無理はおぼえて恋となり、命に替へてともおもふなり。

幸ひ今宵《こよひ》は、宿《しゆく》はづれに泊れば、おのおのが力を添へ、このおもひを晴らさしてくれよ」と、[15]鬼の目にも泪《なみだ》を流して頼む。無分別ざかりの若者、「[16]それは手に入りたる女なり。さらば皆々形をかへよ」と、[17]いろいろ頭巾《づきん》に顔かくして、かのかり宿《やど》の門《かど》に行きて、大勢声を立てて、「[18]人足出せ」とよべば、亭主《ていしゆ》かけ出《いづ》るを、とつてしめ、かの男をはじめ、家《や》内《ない》残らず縄《なは》をかけ置き、[19]火打《ひうち》の光に、女を見付け、さまざま[20]我がままにしてにげて行く。

おもひよらざる事、是非にかなはぬ難儀にあひ、夜《よ》の明くるを待ち兼ね、奉行《ぶぎやう》へ御訴訟申しあぐるに、「なにもとらぬ事の

15「赤鬼」とことわざの「鬼の目にも涙」とをかけた表現。
16 もはや、その女は手に入れたも同然だ。
17 思い思いの頭巾で顔をかくして。
18 宿役人（しゅくやくにん）が夫役（ふやく）を命ずるように装った。
19 火打石と火打鉄（ひうちがね）とを打ち合わせて発火させること。また、その道具。火打石。
20 思うままに女をもてあそんで。

火打石

不思議なり。ひとりも見しらねば、何を以《もつ》てせん[21]さくの種もなし」と仰せける。その時、「それがし、覚えの候へば、この宿《しゆく》中《ちゆう》男残らず、御前《ごぜん》へ」と申しあぐる。一人ものこらずめされける。

女罷《まか》り出《いで》、「この内に二三人も、背中に[22]鍋炭《なべずみ》の手形あるべし」と、肩を脱がして、せんさくするにあらはれて、この中間《なかま》十八人、[23]成敗あそばしける。さてもせはしき中に、女の知恵をほめける。これまでの因果と、夫婦指違《さしちが》へける。

21 詮索。取り調べ。

22 鍋や釜の尻に付いた黒い煤（すす）。

23 死罪に処せられた。

鑑賞の手引き

死への手形

　この話の冒頭の一文は、「美女は身の敵と、むかしより申し伝へし」である。『好色一代女』巻一の一冒頭には「美女は命を断つ斧と、古人もいへり」ともある。いずれも美女の持ってしまう無意識の加害性を言ったものである。

　故郷で人を殺して立ち退くこととなった今川采女は、馴染みを重ねた女に連れて行ってくださいと頼まれる。その途中で「木曾の赤鬼」は女に「命に替へて」とも惚れ込み、乱暴を働く。が、女は知恵が働き、とっさの中に男たちの背中に鍋炭の手形をつけ、それが証拠となって仲間たち十八人はともに死罪に処せられる。「闇がりの手形」は、女の美しさに関わった者が身を滅ぼす話なのである。

　現代の読者は、采女と女とが差し違えて死ぬ、という結末に意外な印象を受ける。何故、名裁判話のままで終わらないのかと。

　しかし、二人の自害は唐突なものではないのである。二人はどの時点で、死を覚悟していたのであろうか。男と家中の者は、赤鬼とその仲間に縄を掛けられ、女は、目の前で襲われる。男はどうすることもできない。その中で女は機転を利かせ、相手の背中に鍋炭の手形をつける。それは加害者を告発することに繋がる。と同時に、被害者となった自分と男とが明るみにでることでもあった。そうなっては、夫婦がそのまま連れ添って行くことはできないという覚悟のもとでの行動である。手形は、赤鬼たちの死罪への手形であると同時に、男と女の死への手形でもあったのだ。二人は無言で互いに理解しあっている。

以上のように考えると、「闇がりの手形」は、それをつけた女の透徹した心情、近世人のある種の強さというものが象徴されている手形であったといえよう。

（鈴木千恵子）

巻五の五　執心の息筋《いきすぢ》　幽霊《ゆうれい》

[1]奥州南部《あうしうなんぶ》にありし事

継子《ままこ》も生長しては、[2]掛かる物なるに、むかしより世界の人心《ひとごころ》、これをにくむ事替はらず。

南部の町に、仙台屋《せんだいや》宇右衛門と申して、所ひさしき、[3]くろがねの商人《あきうど》あり。[4]仕合《しあは》せよろづに、何の不足もなく、男子《なんし》ばかり三人まで持ちしに、世の無常とて、[5]なじみに別れ、万事をうち捨てしに、[6]語る人々、[7]世間をやめさせず、押し付けわざに、また妻を持たせけるに、何に付けてもおもはしからねど、堪忍して、はや五年《いつとせ》あまりもすぎける。

宇右衛門もながながわづらひて、今はうき世のかぎりの時、後妻《のちづま》を枕ちかくよびよせ、「我《われ》相果てし後《のち》、また[8]浮世を立てたまはば、それがし息のかよふ内に、何にてもほしき物を、とってのきたまへ」といふ。女泪《なみだ》に袖《そで》をしたし、「かさねて夫を持

1　現在の岩手県盛岡市。
2　養ってもらうこと。
3　鉄を商う商売。この地方の名産に南部鉄器がある。
4　すべてにおいて順調に。
5　ここでは長年慣れ親しんだ妻をさす。
6　親しく付き合ってきた人々。
7　出家遁世などをさせずに。
8　再婚するつもりがあるのなら。

つべきや」と、黒髪[9]を切れば、「さては[10]たのしき」と、三人の子どもをあづけ、[11]万《よろづ》のたからを渡し、今は思ひ残する事もなく、むなしくなりぬ。

いまだ[12]三十五日もたたぬに、子ども二人[13]すぎ行けば、人も不思議を立てける。十九歳《さい》になる兄息子《あにむすこ》にも、後程《のちほど》つらくあたれば、[14]ぶらぶらとわづらひつきて、養生ためとて、遠く借座敷《かりざしき》に出《いで》けるに、万事[15]かつかつにあてがへば、[16]かなしき様子申せど、ある物をやらず、「やうやう年も暮《くれ》ちかし。銭かねも取り集めたらば、遣《つか》はし申すべし」といふ。「今日《けふ》さへおくり兼ねしに、口惜しきしかた」と、思ひ極《きは》め、「一言《いちごん》申し残すは、我これま

9　亡夫を弔う者は髪を切り、後家となった。

10　うれしい。または「たのもしき」の「も」の脱落したものともいう。
11　残された子供の養育のために、すべての財産を渡した。
12　小練忌（しょうれんき）。四十二・四十九日法要を切り上げ、死後三十五日目に併せて済ますところもある。
13　死亡したので。
14　長びいてはっきりしない病気となり。
15　どうにかこうにか生活が成り立つ程度の援助だったので。
16　近世期の「悲し」は貧乏であるさまをいうことが多い。

でくる道にて、雪にあひし人ありて、我《わ》が傘《からかさ》の下へ頼むといふ程《ほど》に、『[17]我が宿はこれより、一里あまりあり。それまで行きてから、持たしてかすべし』と申せば、『その間《ま》にはぬるる』と申した」と、これを最後の言葉《ことば》にてすぎ行く。

今は我《わ》が物と、むかしのごとく、継母《ままはは》髪をのばし、[18]いたづらを立て、世にさかゆる時、継子《ままこ》[19]の幽霊きたつて、軒端《のきば》より、息吹きかくるに、母の頭《かしら》に火炎燃付《もえつ》き、いろいろ消してもとまらず、[20]形も残らずなりぬ。

17　自分の家。
18　淫奔な生活をして。
19　この頃の幽霊には足のあるものが多い。
20　残らずなくなったのは、髪の毛のみと全身との二説がある。

西鶴と荘子

南部の町に仙台屋宇右衛門という商人がいた。商売も順調、子供も男子三人を設けたが、妻に先立たれた。本人の意志とは別に、周囲の勧めに従って後妻を迎えたが、うまくいかないまま五年が過ぎた頃、宇右衛門は病に伏した。まさに死ぬ間際、後妻を呼び、自分の死後再婚するつもりなら…と持ちかけるが、後妻は髪を切り後家を立てる覚悟を見せたため、財産をすべて譲渡した。しかし夫の死後、後妻は豹変し、子供たちに辛くあたり、三人とも死なせてしまう。最後に亡くなった長兄は援助を放棄されたため、継母に改めるよう訴えながら亡くなり、後に幽霊となって、好き放題の暮らしを謳歌する継母に復讐した。

継母にいじめられる継子の話は、昔から家族の抱える問題の一つといえるのではないか。シンデレラは王子様のハートを射止めることで、継母たちを見返すことができたが、すべてがこのようにハッピーエンドを迎えるとは限らない。いじめられた継子が後に幽霊となって現れて復讐する話は、中国の類書『太平広記』巻一二〇「徐鉄臼」に依るものだが、中江藤樹が著した女子のための教訓書『鑑草《かがみぐさ》』巻之五「慈残報」（巻末の参考資料参照）にも載る有名な話である（近藤忠義「西鶴『大下馬』の原話一、二」『文学』昭和35・11、冨士昭雄「西鶴の素材と方法」『駒沢大学文学部研究紀要』27・昭和44・3）。

しかし、これを単なる〈継子いじめ〉譚で終わらせないところが、作者西鶴の本領である。継母に援助や看護を放棄された継子が最後に残した「傘の話」がそれであり、そこに深い含蓄がある。この話は『荘子』雑篇外物第二十六の荘子と鮒魚のやりとりを典拠にしていると言われている（宗政五十緒「『西鶴諸国ばなし』の説話性」『説話文学研究』3・昭和44・6、谷脇理史『西鶴研究論攷』昭和56）。またこれは『宇治拾遺物語』「後の千金の事」としても知られているが、『荘子』の内容を改変・付加した部分があるため、「傘の話」は『荘子』の内容に近いといえるのではないか。

近世は漢籍の和刻本の出版が盛んに行われ、宋林希逸《りんきいつ》注『荘子鬳斎口義《そうじけんさいくぎ》』（寛永年間）晋郭象《かくしょう》注『南華真経注疏解経《なんかしんきょうちゅうそかいきょう》』（万治四年刊）、など、『荘子』の注釈書を入手できる時代であった。これについて、前者は諺「遠水近火を救わず」を用いて遠近を引き合いに出した注を付す。一方、後者は「理に当たらば小なることとなし…」と事の大小を用いて、物事に「機宜《きぎ》」が重要であることを説いており、アプローチの方法もそれぞれ異なっている。これが「執心の息筋」で

（『万の文反古』巻三の三）

は、機宜を逸した「傘」の譬え話に利用され、それがさらに物惜しみする継母と、今日の命を繋ぐための僅かな糧を、まさに今すぐ必要としている継子の姿に投影する装置となっているのである。

このように、譬え話を用いて遠回しに思想や教訓を述べるものを寓言といい、これがまさに西鶴が得意とした〈ぬけ〉の手法（主題を表面化させずに謎めいた余韻によって暗示させる）に通じていると考えることもできよう。

（藤川雅恵）

巻五の六　身を捨てて油壺《あぶらつぼ》

河内《かはち》[1]の国平岡《ひらをか》にありし事

後家《ごけ》

ひとりすぎ程、世にかなしき物はなし。

河内の国、平岡の里に、昔はよしある人の娘、かたちも人にすぐれて、山家《やまが》の花と、所の小歌《こうた》[2]に、うとふ程の女なり。いかなる因果にや、あひなれし男[3]、十一人まで、あは雪の消ゆるごとく、むなしくなれば、はじめ恋《こが》れたる里人《さとびと》も、後《のち》はおそれて、言葉もかはさず。十八の冬より、おのづから後家立てて、八十八[4]になりぬ。

さても長生《ながいき》はつれなし。以前の姿に引き替へ、かしらに霜をいただき、見るもおそろしげなれども、死なれぬ命なれば、世をわたるかせぎに、木綿《もめん》の糸をつむぎしに、松火[5]もとけなく、ともし油[6]にことをかき、夜更《よふ》けて明神[7]の燈明を盗みてたよりとする。神主《かんぬし》集まり、「毎夜毎夜、御燈火《ともしび》の消ゆる事を、不思議

※原本の目録では「身を捨つる」となっている。

1　大阪府東大阪市の東部にある枚岡（ひらおか）神社のある里。

2　その土地の俗謡に歌われるほどの美女であった。

3　結婚した相手。

4　米寿。本来ならば、子孫が集まって長寿を祝ってくれるはずの年齢。

5　割り松を燃やした明りでは心もとなく。

6　燈油。

7　枚岡神社。生駒山麓にある河内の国の一宮で中臣（藤原）氏の始祖を祀る。

におもひつるに、油のなき事、いかなる犬・獣《けだもの》の仕業《しわざ》ぞかし。かたじけなくも、御社の御燈《ごとう》は、河州[8]一国、照らさせたまふに、宮守[9]どもの、無沙汰《ぶさた》にもなる事なり。是非に今宵《こよひ》は[10]付け出し申すべし」と、内談かため、弓・長刀《なぎなた》をひらめかし、思ひ思ひの出立ちにて、内陣[11]に忍び込み、ことの様子を見るに、世間の人しづまつて、夜半《やはん》の鐘の鳴る時、おそろしげなる山姥《やまうば》[12]、御神前《ごしんぜん》にあがれば、いづれも気を取り失ひける。中にも弓の上手《じやうず》あつて、雁股《かりまた》[13]をひつくはへ、ねらひすましてはなちければ、かの姥が細首《ほそくび》おとしけるに、そのまま火を吹き出し、天にあがりぬ。夜《よ》あけてよくよく見れば、この里

8 河内の国。

9 明神に奉仕する番人の責任にもなる。

10 その原因を明らかにしよう。

11 社殿の中で祭神が祀られている場所。

12 深山に住んでいるといわれる女性の妖怪。鬼女。

13 矢じりが二股になっていて、内側に刃がついている矢。

の[14]名立《なた》ち姥なり。これを見て、ひとりもふびんといふ人なし。

それよりもよなよな出《いで》て、往来《ゆきき》の人の心玉《こころだま》をうしなはしける。かならずこの火に、肩を越されて、三年といきのびし者はなし。今[15]五里三里の野に出《いで》けるが、一里を飛びくる事目ふる間《ま》もなし。ちかく寄る時に、「[16]油さし」といふと、たちまちに消える事のをかし。

14 悪名の高い。良くない評判が知れ渡っている。
15 枚岡神社から三里、五里と離れたところの野に出没するが。
16 明かりをともす油皿に油を注ぐための、急須のような形をした器。

「油さし」の謎――西鶴の問いかけ

この話の梗概は以下の通りである。河内国平岡の由緒ある家の娘は、評判の美女であった。しかし、結婚相手が死ぬということが十一回も繰り返されたため、里人も恐れて交流しなくなり、十八歳から八十八歳まで後家として過ごした。容貌はすっかり衰えてしまい、貧しさのあまり毎晩明神の燈明の油を盗むようになるが、不審に思って見張っていた神主の矢によって、首を打ち落とされてしまう。すると、その首は火を吹いて飛び上り、以来、夜な夜な往来の人々を悩ますようになった。

この話の最後で、なぜ老婆の首は「油さし」の一言でたちまち消えてしまうのか。宗政五十緒は、これを万事が成就する五字陀羅尼「阿毘羅吽欠《あびらうんけん》」をかけた呪文と説明した（日本古典文学全集『井原西鶴集（2）』頭注・昭和48）。しかしながら、いささか唐突な説明であるように思える。そして、今日の読者の多くが連想するのは、密教の呪文などではなく、あの都市伝説「口裂け女」であろう。

口裂け女に襲われたときに「ポマード」と言うと、女は逃げ去ってしまうという。その理由についてはさまざまな説があるようだ。この「身を捨てて油壺」と「口裂け女」との類似について、民俗学者小松和彦は、河内国に姥が火伝説があったことをふまえつつ、「江戸時代の都市の郊外に、「口裂け女」の「ポマード」の先行形態があったのだと思うと、とても興味深い」（『西鶴と浮世草子研究2　怪異』平成20）と述べている。

確かにこの章の典拠ともいえる記事が『河内鑑名所記』にあり（巻末の参考資料参照）、西鶴以後の文献、『和漢三才図会』（正徳三年）や『諸国里人談』（寛保三年）にも姥が火のことは記されている。また、類似した話で、近江坂本や洛西の保津川あたりを舞台としたものもある。これらを視野に入れて、現代の都市伝説にまで至る伝承の発生と展開とを考えてみるのも面白い。

ただし、「油さし」云々に関する記述は、他の文献には今のところ見出せず、西鶴による創作である可能性が高い。いったい西鶴は、この結末部を付加することで、この一話にどのような意味をもたせようとしたのだろうか。なぜ「油さし」なのか。そして、そのことが老婆の悲惨な生涯や、死後も「ひとりもふびんといふ人なし」という世間の有様とどうかかわるのか。この謎解きは容易には解けないだけにまた興味深い。

（有働　裕）

枚岡（平岡）神社

巻五の七

銀《かね》が落としてある

江戸にこの仕[1]《し》合《あは》せありし事

正直《しやうじき》

物事正直なる人は、天も見捨てたまはず。[2]難波人《なにはびと》ひさしく江戸に[3]棚《たな》出して、一代世をわたる程儲《まう》けて、二たび大坂にかへり、楽々と暮らされける。折ふし、秋の草花などいけて詠《なが》める時、東の山里[4]より、[5]紅茸《べにたけ》のうるはしきを、おくりける折から、あたりの男きたりて、「何ぞ」といふ程に、「聖人の世にはえる、[6]霊芝《れいし》といふ物」と語れば、ありがたさうに手にも取らず見物する[7]律義者《りちぎもの》なり。

「けふ[8]御見舞ひ申すは、私も[9]此処元《ここもと》の、[10]しんだいおもはしからず。[11]一たび江戸への心ざしなり。こなたには、[12]数年《すねん》にて勝手も御ぞんじなれば、今時は何商ひがよい」と申す。

「[13]今は銀《かね》ひろふ事がまだもよい」と申せば、この男まことにして、「これは人の気のつかぬ事なり。御影《かげ》にて、是非に拾う

1 仕儀。ここでは幸運の意。
2 大阪の人。
3 店。
4 大阪の東方には生駒山系がある。
5 カサが赤く裏の白い観賞用の毒キノコ。
6 サルノコシカケ科のキノコ。万年茸、サイワイタケとも言う。
7 実直者の意であるが、ここでは人の話を鵜呑みにする馬鹿正直者の意味。
8 御訪問。
9 当地。ここでは大阪。
10 生活や商売が思うようにいかない。
11 一度江戸に下って稼いでみたい。
12 数年江戸で商売をしていたので。た

（『訓蒙図彙集成』）

てまゐらう」といふ程に、これをかしく、[14]道中の遣《つか》ひ銭《せん》もとらし、「[15]其処元《そこもと》へ、かせぎにくだる者なり。万事頼む」のよし、[16]念比なるかたへ[17]状を添へける。

頓《やが》てくだりつきて、かの[18]人宿《ひとやど》の[19]出居衆《でゐしゅ》になつて、[20]あけの日、[21]股引脚絆《ももひききやはん》して出《いで》、日暮れてかへる事、十日ばかりなり。[22]亭主《ていしゅ》心元《こころもと》なく、「毎日何方《いづかた》へゆかるるぞ。[23]身過《みすぎ》の内談もなされず」といふ。この男ささやきて、「主様《あるじさま》へは隠すまじ。それがしは此処元《ここもと》へ銀《かね》を拾ひにまゐつた」と申す。

　亭主腹をかかへ、[24]「また大坂から、この男を[25]なぶつてくだしける」とおもひ、「さて、日に日に出《いで》

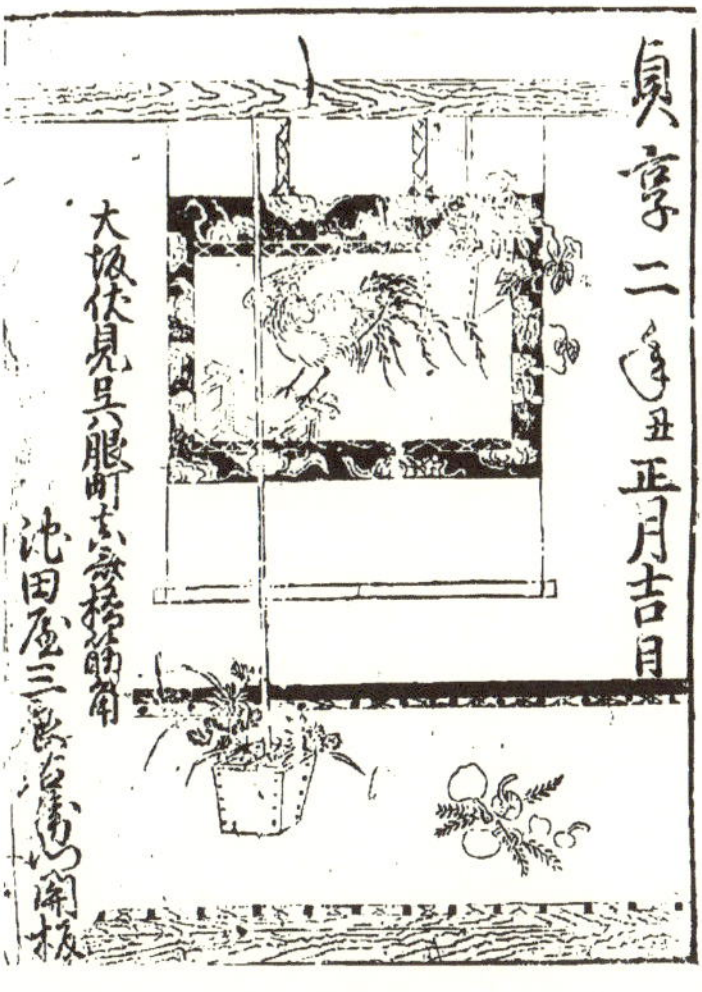

だし、前文に「久しく」とあるのと照合しない。
13 下文に「まだも」とあるごとく、もはや江戸での成功というビジネスモデルは崩れていた。そうした投げやりな台詞も馬鹿正直な男には通じなかったのである。
14 旅費を渡し。　15 御当地。
16 江戸で懇意にしていた人宿の亭主。
17 紹介状を持たせた。
18 奉公人の紹介所。一割の紹介料を取るが、保証人（請人）も兼ねる。
19 人宿に寄宿して、稼ぎに出る者。
20 翌日。　21 旅装。巻二の五などの挿絵参照。
22 人宿の主人は心配して。
23 就職の相談。
24 この台詞からは、大阪の男に就職の相談に来たものが数多く、男も食傷気味だったことが想像できる。
25 からかって。
26 収穫がなかった。　27 他の日は。

られて、拾はるるか」と申せば、「此処元へまゐつて、昨日《さくじつ》ばかりが[26]不仕合《ふしあは》せ、[27]その外《ほか》は拾ひました。あるいは、[28]五匁七匁、[29]先をれの小刀《こがたな》、または[30]秤《はかり》のおもり、[31]かたし目貫《めぬき》、何やかや取り集めて、[32]四百色程《いろほど》拾ひける」。

亭主[33]きもをつぶして、「珍しきお客」と、[34]近所の衆《しゅ》に語れば、「これためしもなき事なり。はるばる正直にくだる心ざし、咄《はな》しの種に拾はせよ」と、[35]小判五両出し合ひ、拾はせける。

それより次第に[36]富貴《ふっき》となつて、[37]通《とほ》り町に屋敷を求め、[38]棟《むね》にむね門松を立て、広き御江戸の正月をかさねける。

[39]貞享二年丑正月吉日

大坂伏見呉服町真斎橋筋角

[40]池田屋三良右衛門　開板

28 五千円、七千円相当の豆板銀。
29 先が折れて使いものにならない小刀。
30 天秤秤に用いるおもり。
31 目貫は刀身を柄に固定させる目釘を隠す、装飾された金具。一対のものゆえ、その一方のみでは使いものにならない。
32 四百種。33 驚き。34 周囲の金持ち。
35 一両六万円で換算すると三十万円。かなりの大金で非現実的であるが、三代将軍家光が上洛した折に銀五千貫を京の民家三万七千八十六件の民家に下付した故事（『玉露叢』九）などを踏まえたか。
36 金持ち。
37 江戸の大通り。日本橋を中心に北は筋違い橋から南は新橋、金杉橋へと続くメインストリート。大店や富家が多かった。38 幾棟も屋敷を重ね。富家の形容。
39 一六八五年。
40 岡田氏。西鶴との関係は深く、『諸艶大鑑』『好色一代女』『本朝二十不孝』『武道伝来記』『新可笑記』の版元でもある。

鑑賞のてびき

反転する陽画

江戸で成功し、故郷の大阪で悠悠自適の生活を送っている男のもとに、一人の男が商売の相談に来る。彼は紅茸を霊芝と偽っても信じてしまうほど馬鹿正直な男。江戸で何の商売が良いのかという問いに、「金を拾った方がまだしも良い」と答えると、そのまま信じ、江戸に着くと十日間も街中で物拾いに歩き回る。それを面白がった金持ちたちが「咄の種に」と五両づつ金を出し合い拾わせることとなる。それを契機に、この男は大金持ちになったという内容。

馬鹿正直な男の皮肉な成功。『諸国はなし』全三五話をしめくくる本話は当時の小説の約束ごとに従い、めでたく閉じられている。連句でいえば「揚句」に該当する、重要な最終話。それにしては、拍子抜けするほどにあっけない結末。少し物足りなさを感じたら、もう一度注意深く読み直してみてほしい。表現の細部や登場人物の微妙な口吻に眼を凝らしながら、幾重にも重なった言葉の層を一枚一枚ていねいに剥ぎとって行けば、必ず笑話の奥に秘匿された西鶴のもう一つのメッセージにたどり着くことができるであろう。

たとえば、商売の秘訣を相談された難波人は、「今は銀《かね》ひろふ事がまだもよい」と答えている。彼はなぜ、そんな助言をしたのか。後に江戸の人宿の主人が「また大坂から～なぶつて」と述べている点から判断すれば、そうした対応は一度や二度でなかったことが分かる。食傷気味の質問への、投げやりな回答。そんな口吻に、当時の経済の閉塞状況が透けてみえる。それが、下敷きとなった仮名草子『百物語』（万治二〔一六五九〕年・巻下の一九・江本裕『西鶴研究―小説篇―』平成17年）の笑話と決定的に違う点である。

本作の三年後の一六八八年、西鶴は町人物の傑作『日本永代蔵』を上梓する。その中で彼は大名の御用達《たし》というビジネスモデルが行き詰まり、不良債権を抱え込んだ大名貸《がし》の犠牲者が多発しているという事実を記している（巻一の四など）。すなわち、驚異的な経済成長にも陰りが見えた当世にあっては、リスクの大きい商売を続けるよりは、金を拾って歩いたほうがまだましだと難波人は吐き捨てているわけである。ここに至った時、陽画《ポジ》は一瞬の内に陰画《ネガ》へと反転する。浮遊するテキスト。増殖を続ける、こうした咄のダイナミズムこそが、西鶴の魅力なのである。

ちなみに、『日本永代蔵』（巻三の一）にも「拾う男」の成功譚が載り、それは鎌倉屋甚兵衛がモデル（真山青果）とされている。両話を読み比べ、本話が先取りした『日本永代蔵』の世界にも視野を拡げてみたいところである。

（篠原　進）

参考資料――典拠となったと思われる文章

『古今著聞集』巻二十「渡辺の薬師堂にて、大蛇釘つけられて六十余年生きたる事」（→巻一の二「見せぬ所は女大工」）

渡辺に往年の堂あり。薬師堂とぞいふなる。源三左衛門翔《かける》が先祖の氏寺なり。番《つがふ》［翔の兄の孫］の馬の允《じよう》が時、この堂を修理しけるに、もとこけらぶきにてありけるが、年久しくなりてみな朽ちくさりて侍りけるを、葺《ふ》きかへむとて、上《うへ》を取り破りて侍りけるに、大きなる蛇《くちなは》ありけり。なにとかしたりけん、大きなる釘に打ちつけられて、年ごろはたらきもせで、かくてありけるなり。その時の堂建立の年紀をかぞふれば、六十余年になりにけり。そのあひだ、かくうちつけられながら、生きてありける命長さ、おそろしき事なり。その蛇のありける下の裏板は、油みがきなどをしたるやうにて、きらめきたりけり。いかなるゆゑにか、おぼつかなし。これはまさしく翔が語りけるなり。

『酉陽雑俎《ゆうようざつそ》』続編巻四「陽羨鵝籠記」（現代語訳）（→巻二の四「残る物とて金の鍋」）

『続斉諧記《さいかいき》』によると、許彦《きよげん》という男が、綏《すい》安山において、一書生に出会った。年齢は二十余りで、路の側に臥していた。そして、「足が痛むので、ガチョウの籠に入れてください」と言う。彦は、冗談のつもりでそれを承知した。すると、書生はすぐさま籠の中に入った。籠が広がったわけでもないのに、書生と二羽のガチョウが並んで座っていて、しかもこれを背負っても重さを感じなかった。

一本の樹の下にやって来たとき、書生は籠から出て彦に、「粗末なものですが、食事を食べていただきたい」と言う。彦は、「それは結構なことですね」と答えた。すると、口の中から一つの銅盤を吐き出した。盤の上には、山海の珍味が山のように並んでいた。

酒が数回まわってから、彦に向かって、「さきほど一人の婦人を連れてきました。この人を呼びたいと思います」と言う。彦は、「それは結構なことですね」と答えた。すると、一女子を吐き出した。年齢は十五六、容貌はすばらしく、膝を接して座っていた。まもなく、書生は酔って寝てしまった。

女は彦に向かって言った。「さきほど一人の男子をこっそりと連れて来ました。しばらく呼びたいと思います。どうか秘密にしておいて下さい」。そして、一人の男子を吐き出した。年齢二十余り、賢そうで愛嬌があった。彦と時候の挨拶を交わして、いっしょに酒を飲んだ。書生が目を覚ましそうになると、女は、口から錦のついたてを吐きだして、書生を覆い隠した。

しばらくして、いよいよ書生が目覚めそうになった。女は、男子を呑み込んで、一人で彦に対座した。書生はゆっくりと起き上がって、彦に言った。「しばらく眠ってしまって長くあなたを引き止めてしまいました。日がすでにくれようとしています。もうあなたとお別れしなくてはなりません」。そうして、また、女やさまざまなものを口中に納め、大銅盤だけを残して彦に与えて言った。「遠慮することはありません。あなたとの記念です」。

釈氏の『譬喩《ひゆ》経』によると、昔、梵氏が術を使って、一つの壺を吐き出した。中に女がいたて、いっしょに囲いを作って家室にした。梵氏はしばしばそこで休息した。女はまた術を使って、一つの壺を吐き出した。中に男子がいた。そしてその男と共に臥した。梵氏は目を覚まして、次々に順にこれを呑み込んだ。そして杖をついて去っていった。

呉均《ごきん》は、かつてこの物語を読み、その話を不思議に思い、大変奇怪だと思ったのだ、と私は思う。

陶淵明『桃花源記』（現代語訳）（→巻二の五「夢路の風車」）

晋《しん》の太元《たいげん》年間［三六七〜三九六］のことである。武陵《ぶりょう》の人で、魚を捕って生業としている男がいた。谷川にそって行くうちに、いったいどれくらい歩いたのかわからなくなってしまった。思いがけず桃花の林に出た。川岸を挟んで数百歩の間、桃ばかりで他の樹木はない。芳しい花々が色鮮やかに茂り、花がしきりに乱れて散り落ちている。漁師はとても不思議に思い、さらに進んでその林を見極めようと思った。林は水源につき当たって終り、そこには山があった。山には小さな穴があり、ぼんやりと光が見えるように思われた。そこで漁師は船を捨ててその穴に入っていった。

初めはとても狭く、やっと人が通れるほどであった。数十歩進むと、突然広く明るいところに出た。土地は平らかに広く、家屋はきちんとして整っていた。良質の田や美しい池、桑や竹のたぐいがある。農道が縦横に通じ、鶏や犬の鳴き声が聞こえる。その中を往来し、耕作している男女の衣服は、ことごとく異国の人のようだ。老人も幼児も、みんなのんびりとして楽しそうである。

漁師を見て人々は大変驚き、「どこからやって来たのか」と尋ねた。いきさつを詳しく話すと、そのまま家に迎え入れて、酒の用意をし鶏を殺して食事を作ってくれた。村中の人々がこのことを聞きつけ、みんなやって来て挨拶をした。

村人は、「先祖は秦の時代の戦乱を避け、妻子や村人を連れて、この世間と隔絶した土地に来ました。それ以来二度とここから出ていません。そのまま外の世界の人々と隔絶してしまいました」と言った。そして、「今は何という時代ですか」と尋ねた。なんと、漢の時代があったことすら知らず、魏・晋のことなどは論外である。漁師は、一つ一つ尋ねられたことに丁寧に答えた。村人はみな深く溜息をついた。そして、他の人々もそれぞれに自分の家に招き入れ、みな酒食を出して歓待した。漁師はここに数日とどまってから帰ることにした。村人は、「外の人に、お話しするほどのことではありませんよ」と言った。

漁師はやがて村を出て、自分の船を見つけ、そのままもと来た道にそって帰り、あちらこちらに目印をつけておいた。郡の役所にたどり着き、太守に面会してかくかくしかじかと報告をした。太守はすぐに部下を派遣して、漁師の導くままに目印を手がかりに探索させたが、道に迷ってしまった。

南陽郡の劉子驥《りゆうしき》は、高潔な人であった。この話を聞いて、喜び勇んでそこへ行ってみようと試みたが、実現しないうちに病気になって世を去ってしまった。その後、ついにその村を訪ねるものはいなかったのである。

『更科日記』「竹芝寺縁起」（↓巻四の二「忍び扇の長歌」）

これはいにしへ、竹芝といふさか［坂、あるいは里］なり。国の人のありけるを、火たき屋の火たく衛士《ゑじ》［皇居警備の兵士］にさしたてまつりたりけるに、御前の庭を掃くとて、「などや苦しき目を見るらむ、わが国に七つ三つ、造り据ゑたる酒壷に、さし渡したるひたえの瓢《ひさご》の、南風吹けば北になびき、北風吹けば南になびき、西吹けば東になびき、東吹けば西になびくを見で、かくてあるよ」と、ひとりごちつぶやきけるを、その時、みかどの御むすめ、いみじうかしづかれたまふ、ただひとり御簾《みす》のきはに立ち出でたまひて、柱によりかかりて御覧ずるに、このをのこの、かくひとりごつを、いとあはれに、いかなる瓢の、いかになびくならむと、いみじうゆかしくおぼされければ、御簾をおし上げて、「あのをのこ、こち寄れ」と召しければ、かしこまりて高欄《かうらん》のつらに参りたりければ、「いひつることいま一《ひと》かへり、われにいひて聞かせよ」と仰せられければ、酒壷のことをいま一かへり申しければ、「われゐて行きて見せよ。さいふやうあり」と仰せられければ、かしこくおそろしと思ひけれど、さるべきにやありけむ、負ひたてまつりて下るに、ろんなく「必ず」人追ひて来らむと思ひて、その夜、勢多《せた》の橋のもとに、この宮［皇女］を据ゑたてまつりて、勢多の橋を一間《ひとま》ばかりこほちて、それを飛び越えて、この宮をかき負ひたてまつりて、七日《なぬか》七夜《ななよ》といふに、武蔵の国に行き着きにけり。

帝《みかど》、后《きさき》、皇女《みこう》失せたまひぬとおぼしまどひ、求めたまふに、「武蔵の国の衛士《ゑじ》のをのこなむ、いと香《かう》ばしき物をくびにひきかけて、飛ぶやうに逃げける」と申し出でて、このをのこを尋ぬるに、なかりけり。ろんなくもとの国にこそ行くらめと、おほやけより使ひ下りて負ふに、勢多の橋こほれてえ行きやらず。

三月《みつき》といふに武蔵の国に行き着きて、このをのこを尋ぬるに、この皇女、おほやけ使ひを召して、

「われさるべきにやありけむ、このをのこの家ゆかしくて、ゐて行けといひしかばゐて来たり。いみじくここありよくおぼゆ。このをのこ罪し、れうぜられば［折檻するならば］、われはいかであれと。これも前《さき》の世に、この国に跡をたるべき宿世《すくせ》［子孫を残す宿縁］こそありけめ。はやかへりておほやけに、このよしを奏せよ」と仰せられければ、いはむかたなくて、上《のぼ》りて、帝に、「かくなむありつる」と奏しければ「いふかひなし。そのをのこ罪しても、今はこの宮をとり返し都にかへしたてまつるべきにもあらず。竹芝のをのこに、生けらむ世のかぎり［生きているかぎり］、武蔵の国を預けとらせて、おほやけごともなさせじ。ただ、宮にその国を預けたてまつらせたまふ」よしの宣旨《せんじ》下りにければ、この家を内裏《だいり》のごとく造りて、住ませたてまつりける家を、宮など失せたまひにければ、寺になしたるを、竹芝寺といふなり。その宮の生みたまへる子どもは、やがて武蔵といふ姓《さう》を得てなむありける。

『古今犬著聞集』巻一「餌指《えさし》、発心の事」（↓巻四の四『鷲くは三十七度』）

本多中務《なかつかさ》家中の餌指［小鳥を黐竿《もちざお》でさして捕らえる猟師］、子を五人失ひ、今一人残りし子も、驚風《きょうふう》［癲癇］のごとく煩《わずら》ひし。

ある時、また餌指に出けるあとにて、子が煩ひ発し、眼を見つめしかば、鳥をしむる時の目に似たり、と見へしより、母も恐ろしう思ひ、看病せしに、十二度発《たび》し、後、夫帰りて、「鳥十二羽指し得たり」と云ふ。さては、十二度発せしはこの報いなりと、悲しさやるかたなく、相佗びて、にわかに暇《いとま》を乞ひ、「こはそも、何と云ふ事ぞや」とかき口説きければ、「隠すべきことにしもあらず。我は世を遁《のが》れん。片時もかくてはあられず。」と泣しめり。夫もその哀れ身に入りて、ともに頭おろし、発心執行の身と成りし。

仏道因縁、哀れなり。

『鑑草《かがみくさ》』巻五「慈残報」（↓巻五の五「執心の息筋」）

徐甲《じよかう》が妻《つま》の許氏《きよし》男子《なんし》一人をまうけて、鉄臼《てつきう》と名づく。その後《のち》いくほどなくて身まかりぬ。徐甲また陳氏《しんし》を娶《めと》て后妻《こうさい》となす。この陳氏あくまで残悪の心行《しんぎやう》たくましかりき。陳氏男子をうめり。鉄杵《てつしよ》と名《なづ》く。まへばらの鉄臼はくろがねうすとよむ文字《もじ》なれば、陳氏がうめる子をば、くろがねぎねと名づけて、思ふさまに継子《まゝこ》をつかんとのたくみなり。鉄杵はくろがねぎねとよむ文字《もじ》なり。徐甲は本より智恵くらく気よはき男《をとこ》なるに、あまつさへ旅《たび》にのみありて家に在《ある》ことまれなれば、はばかる所もなく、心にまかせて残悪をはたらきぬれば、継子の鉄臼をつれなくさいなむこと、あげてかぞへがたし。かくさいなむこと年《とし》ありて、鉄臼十六のとし終《つい》にかつやかし（餓死せしめ）ころしてけり。陳氏継子をころして、今《いま》は思ひのまゝなる世中なりとよろこぶところに、鉄臼死して十日あまりしてにはかに家の中に声《こゑ》あり。おどろききけば、陳氏が坐《ざ》にならんで語りけるは、「われは鉄臼が怨霊《おんりやう》なり、われ罪なきに継母《まゝはゝ》に残害せられぬれば、わが母うらみを天帝《てんてい》へ奏聞《そうもん》申、すでに天曹《てんざう》の符《ふ》（天の裁判所の命令書）を得て、そのむくひに鉄杵をとりころさんためにきたるなり。今日より鉄杵をさいなむ事われを継母のさいなみけるやうに、なやましいためて終《つゐ》にころすべし。いかに継母おもひしり給ふべし」とかきくどく。その声《こゑ》、鉄臼世にありし時のものすごしに露たがはず。家《け》内《ない》の人おどろき見れども、そのすがたは見えざりけり。そのゝちは、つねにその声うつばりのうへにとゞまりぬ。陳氏肝《きも》をけしいろいろのそなへものをまうけ、巫《かんなぎ》をよび、僧をかたらひて、さまざまわびぬれども、たゞあざわらふ声《こゑ》のみしてうけつけず。ある時は「この家《いへ》をくづさん」と云声《いふこゑ》して、大鋸《おが》を引ごとく、屋鳴りすさまじく、すでに家くづるるかと家内《けない》の人はしり出ければ、又おともせず、みればすこしも破《やぶ》るる所《ところ》なし。ある時は、「まゝ母われをころして、この家にらくらくとおらんとや、たゞやきはらふべし」といふ声《こえ》すれば、たちまち火もえ出《いで》てみなやけぬと見ゆれども、又もとのごとくすこしも損《そん》ずる所なし。かくすさまじく奇特《きとく》なる事をあらはし、その間《あひだ》には、継母がさいなみけるやうすをいちいちかぞへあげて、うらみを云《いひ》のゝしる事、きくものたましゐをけす。このとき鉄杵六歳になりけるが、腹はり五体うづきてなきさけぶありさま。目もあてられず、怨霊《おんりやう》たたくと見えしところは青くはれてくさりぬ。かくなやます事一月《ひとつき》あまりして、鉄杵つゐにむなしくなりぬ。鉄杵身まかりし日より怨霊《おんりよう》の声《こゑ》もしづまりてけり。

『河内鑑名所記』巻五「姥が火」（→巻五の六「身を捨てて油壺」）

この因縁を尋ぬるに、夜る夜る平岡の明神の灯明の油を盗み侍る姥有りしに、明神の冥罰にや当るらし、彼の姥なくなりて後、山の腰を飛び歩く光り物いできて、折々人の目を驚かしけるに、彼の火炎の体は、死ける姥が首よりして吹きいだせる火のごとく見え侍る故に、かの老婆が妄執の火にやとて、すなはち世俗に姥が火にやとてとこそ伝へけれ。高安・恩地迄も飛び行き、雨けなどには今も出ると也。

定点観測の時代――動く芭蕉、動かない西鶴

中世から近世、特に戦国時代から江戸時代に移る時点での、最も大きな社会的変化は、人々の「移動から定住」にあった。それまで様々な人間が日本の内外を移動していたのが、戦乱の収束と海禁（鎖国）を機に定住し、都市や町を形成しだしたのだ。もちろん、近世になっても移動しつづける人は残った。だがそれは少数派となった。「たび」はそうした時点で生れたものである。「たび」は移動が非日常化しなければ生れないからである。おそらく松尾芭蕉の「たび」がインパクトを持ったのもそうした理由からである。

四つの民草、おのれおのれが業をおさめて、何くか定めて住つくべきを、僧俗いづれともなき人の、かく事触て狂ひあるくなん、誠に尭年鼓腹のあまりといへ共、ゆめゆめ学ぶまじき人の有様也とぞおもふ　『去年の枝折』（安永九（一八九〇）年）

これは江戸中期に活躍した上田秋成の有名な芭蕉批判である。中世や戦乱の時代ならいざ知らず、

やっと平和になったのに、定住せずに放浪するとは何事だと言うのである。日本の歴史（古代から中世）を良く知る秋成ならではの言であるが、この秋成の憤りからは芭蕉の移動が持つインパクトが逆に見えてくる。芭蕉の「たび」は平和から戦乱へと時代を逆行させる狂気の沙汰と秋成には見えたのだ。ところが秋成以降、定住が当たり前の時代になってしまえば、芭蕉の移動は単なるロマンチックな「たび」として庶民の憧れの対象となる。江戸時代の後末期に芭蕉の人気が沸騰したのにはそうした背景があったはずである。

このように、近世初期の「移動から定住」を背景にして文化・文学の世界を見ると、幾つかの面白い問題が浮上してくる。たとえば、西鶴の情報収集の方法が、時代を先取りした、きわめてユニークなものだったこともその一つである。

たとえば、西鶴小説の方法的原点を示すと言われる『西鶴諸国はなし』。本作には、序の冒頭に「世間の広き事、国々を見めぐりて、はなしの種をもとめぬ」とあって、西鶴自らが全国へ出かけていった趣が書かれているが、実は、西鶴は本作に当初「大下馬」という題名を付けていた。「大下馬」とは江戸城大手門前の下馬札のことで、諸国から集まった武士やその奉公人たちは皆この札の前で下馬するとともに、ここで様々な情報交換が行われた。すなわち、西鶴が「大下馬」と名づけた（名づけようとした）のは、本作には、全国一の情報が集まる「大下馬」と同等の情報力があり、この中で語られる面白い話は、大下馬札のように多くの人間達を下馬させずにはおかないことを誇らんがためであったと考えられるのである。

重要なのは、ここで示された西鶴の情報収集の方法が、自らが動いて取材するのではなく、動かずに流れ込んでくる情報をキャッチする、すなわち定点観測であることだ。この定点観測こそ、西鶴の自家薬籠中の方法と言ってよい。たとえば、本書の『諸国はなし』巻一の五「不思議のあし音」や『好色五人女』巻三の一「姿の関守」、『世間胸算用』巻二の一「銀壱匁の講中」巻五の三「平太郎殿」に代表される人物描写、『本朝二十不孝』巻一の一「今の都も世は借物」、『日本永代蔵』巻一の三「浪風静に神通丸」における鳥瞰的描写。また『諸艶大鑑』の、遣手に語った内容に、本作の主人公である世伝を始めとする「近年の色人」たちが皆で「加筆」したという創作方法、大晦日という一日に絞った『胸算用』の方法、捨てられた手紙から様々な人生を浮き上がらせる『万の文反古』の方法も広い意味で定点観測と言える。こうした西鶴の定点観測的描写は、恐らく数えはじめたらきりが無いであろう。

先に、江戸時代初期は移動から定住の時代であったと言った。しかし、この移動→定住はすべてのものが固定化してしまったことを意味しない。人以外のモノ・金・情報はむしろ目まぐるしく移動するようになった。しかも、その量とスピードは人々の想像を遥かに超えるものとなった。その

「量」を象徴するものは海運である。西鶴も「浦山へ馬の背ばかりにて荷物をとらば、万高直にして迷惑すべし。世に船程、重宝なる物はなし」（『永代蔵』巻二の五「舟人馬かた鐙屋の庭」）と言っていたように、日本は山岳地帯が多く川もあり陸地での移動が極めて困難であった。比して海に囲まれた島国であることから、船舶での交通に適しており、かつ船舶は一度に多くのものを運送することができた。また「スピード」を象徴するのは菱垣廻船・樽廻船などの高速船、陸上の飛脚もあるが、何と言っても、大坂堂島の米相場を全国に配信した「旗振り通信」がその象徴であった。柴田昭彦『旗振り山』（ナカニシヤ出版、二〇〇六年）によれば、堂島の米相場は櫓の旗振りによって、尼崎へは十五分、岡山へは四十分、江戸へも八時間という驚くべき速度で伝わったらしい。

こうしてモノや情報が大量かつ高速に移動する時、下手に動くよりも動かない方が効果的に情報を集められることは言うまでもない。もとより問題はどこに観測点を定めるかだが、江戸時代前期、今述べた海運や旗振り通信の基点となった大坂は、その最良の定点であったはずである。その大坂に西鶴は居たわけだが、さらに面白いのは、西鶴が居を構えた大坂の谷町筋（正確には鎗屋町）は、拙著『西鶴小説論—対照的構造と〈東アジア〉への視界』（翰林書房、二〇〇五年）でも指摘したように、武士と商人の集住地の狭間であり、両者の情報が鬩ぎあう「谷」町筋でもあった点である。また、西鶴が頻繁に通った遊廓の新町は、全国の武士や庶民が交錯する一大歓楽地であった。恐らく、元禄期を中心にした江戸時代前期において、この大坂という都市の谷町筋・新町といった場所は全国の情報を集めるためのベストポジションであったと言って間違いない。

かつて塩村耕氏は、西鶴の書簡類や俳諧活動などをつぶさに調査し、その移動した事跡の少なさを指摘した上で、従来の『見聞談叢』の記事などから作られてきた「旅の人」西鶴というイメージを修正すべきだと訴えた（「素顔の西鶴」『西鶴必携』学燈社、一九九三年）。依然少ない西鶴の資料からそうした断定をするのは危険を伴うが、西鶴があまり動かなかったであろうことは、上述したような、当時の大坂という都市の位置やモノ・情報の流れ、西鶴作品の情報収集の方法を見ても、十分に蓋然性がある。ただし、この西鶴の不動を塩村氏が言うように「極端な腰の重さ」と否定的に捉えるには及ばない。むしろ西鶴は積極的に動かなかったと捉えるべきである。その姿勢に、西鶴の時代を見据える確かな目があったのである。

（染谷智幸）

あとがき

西鶴の短編は、短いけれども実に、小説のエッセンスともいうべきものである。現代の作家などに書かすれば百枚も二百枚もになる小説の筋を、わずか十枚十五枚かに書いて、しかも人に迫る真実さを持っている。

小説家の菊池寛が、昭和六年に刊行された西鶴全集に記したことばです。菊池寛、といっても最近の若い方はあまり読んだことがないかもしれませんが、少し前に話題になった「真珠夫人」の原作者といえば、親しみがわく方もいるのではないでしょうか。小説好きの方なら、「父帰る」や「恩讐の彼方に」の作者、また、芥川賞・直木賞の創設に深くかかわった人物として周知のことと思います。

ところで、さすがにこの菊池寛のことばは、『西鶴諸国はなし』のような作品集の特色を見事に言い当てているといえます。原稿用紙になおせば本当に少ない枚数のものにすぎないのに、その行間には無限の世界が広がっている。私が学生時代にはじめて西鶴作品に出合った時に直観的に感じたのは、まさにそのことでした。そしてその作品こそ『西鶴諸国はなし』であり、より具体的には、大学のゼミでの巻三の六「八畳敷の蓮の葉」をめぐっての討論でのことでした。

このはなしの中心人物、吉野の西行庵に閑居している隠遁者のところへたどり着くのは、どうも容易ではなさそうだ…。もちろん、実際の登山道のことではなく、その人物像—俗にいうところの「実像」への接近の仕方です。文字通り「殊勝」な人物と理解するのがまっとうな読み方かもしれません。でも駆けつけてきた里人に対する物言いは、どこか横柄で尊大さが感じられます。そしてその隠遁者の語りは、『西鶴諸国はなし』序文のバリエーションかと思わせる展開を見せつつ、意外なオチにたどりつく。いや、それがはたしてオチになっているのかどうか。なっているとすればどんなオチなのか。考えていくうちに、なにやらこの隠遁者の存在が胡散臭く思えてならなくなってしまいました。

小説の世界を一つの森にたとえ、その森を一直線に突き抜けることよりも、森の中に用意されたいくつもの道をできるだけ歩き回って、さまざまな風景を見つくすべきだ、と説いたのは、イタリアの作家で文学理論・記号論の大家であるウンベルト・エーコでした。それにそくして言うなら、西鶴はわずか千字程度で描き出した吉野の森林の中に、無数の登山道を用意しているように思えてきます。

「実像」が最後までわからないという点では、巻二の一「姿の飛び乗物」の方がはるかに難物でしょう。この作品中にあっては珍しく「慶安年中まで」と年代が記されていたり、最後に狐川という地名が出てきたりするのは、何かの暗示でしょうか。巻三の七「因果の抜け穴」では、家中でも評判の家臣が、兄のかたきを取るために息子とともに乗り込んでいきます。しかし、「家中にまたなき使者男」と言われたほどの人物が、かたきを討つのになぜ犬のまねをして忍び込むのでしょうか。

このように読者につねに「なぜ」を投げかけてくるのが西鶴作品の面白さです。ですから、一度読み終えた方も、繰り返しこの森の中に戻って、違った道を見つけつつ迷い続ける楽しさを味わってみてください。そのような願いを込めて、私たち—西鶴研究会のメンバーは、この本の執筆に取り組みました。

最後になりましたが、本書の出版にご尽力くださった、三弥井書店の吉田智恵氏に心より御礼申しあげます。

（有働　裕）

執筆者一覧（執筆順）

巻一の一　有働　裕　前愛知教育大学教授
巻五の六
巻一の二　岡島由佳　青山学院大学（院）
巻一の三　南　陽子　早稲田大学（非）
巻一の四　加藤裕一
巻一の五　染谷智幸　茨城キリスト教大学
巻一の六　濱口順一　愛知大学院博士課程修了
巻一の七　森田雅也　関西学院大学
巻二の一　畑中千晶　敬愛大学
巻二の二　水谷隆之　立教大学
巻四の二
巻二の三　神山瑞生　青山学院大学修士課程修了
巻二の四　早川由美　愛知淑徳大学（非）
巻二の七
巻二の五　宮本祐規子　国文学研究資料館
巻二の六　森　耕一　園田学園女子大学
巻三の一　糸川武志　東京都立大学院修士課程修了
巻三の二　井上和人　関東学院大学
巻三の三　佐伯友紀子　広島大学（院）
巻三の四　大久保順子　福岡女子大学
巻三の五　藤川雅恵　青山学院大学（非）
巻五の五
巻三の六　宮澤照恵　北星学園大学
巻三の七　広嶋　進　神奈川大学
巻四の一　速水香織　信州大学
巻四の三　松村美奈　愛知文教大学
巻四の四　市毛舞子　共立女子中学高等学校（非）
巻四の五　平林香織　創価大学
巻四の六　河合眞澄　大阪府立大学名誉教授
巻四の七　空井伸一　愛知大学
巻五の一　石塚　修　筑波大学
巻五の二　杉本好伸　安田女子大学名誉教授
巻五の三　浜田泰彦　佛教大学
巻五の四　鈴木千恵子　東京都立大学博士課程修了
巻五の七　篠原　進　青山学院大学名誉教授

＊執筆者の所属は、基本として二〇二一年三月時点のものを載せたが、中には初版時のものもある

西鶴諸国はなし　三弥井古典文庫

平成21年3月21日　初版発行
令和3年4月1日　初版三刷発行
定価はカバーに表示してあります。

発行者　吉田敬弥
発行所　株式会社 三弥井書店
〒108－0073東京都港区三田3－2－39
電話03－3452－8069
振替00190－8－21125

ISBN978-4-8382-7065-1 C3093　整版・印刷　富士リプロ